GOBOOKS
& SITAK
GROUP©

GOBOOKS
& SITAK
GROUP©

三日月書版

三日月書版

輕世代
FW206
Auther 帝柳
Artist 愁音
惡魔調教
Project
1
三日月書版

on Project

Tuning De

目錄 Contents

序章

出賣靈魂要給帥氣惡魔

Tuning Demon Project

書架上，作者為「杞靈」的輕小說著作一列排開。

筆記型電腦螢幕在昏暗的房內閃爍著冷冷白光，垃圾桶中丟滿揉成球狀的一團團稿紙。梳妝鏡映照出一名女子的側臉，她的容貌妍麗、五官清秀，眼神卻充滿怨念和憎恨。

站在她面前的另一道身影，正收起背上那對碩大的黑色膜翼。男子頭上頂著一對彎曲的黑色羊角，長相異常地俊美魔魅……在此之前她從沒想過，身為輕小說作家的自己，能親眼見到幻想故事中虛構的角色。

「在下阿斯莫德，特來提取妳的靈魂。」

男人嘴角微揚，充滿讓人窒息的魅力。

眼前這名男人，正是鼎鼎大名的惡魔阿斯莫德。他之所以出現在這裡，原因無他，正是由她親自召喚而來！

她一時間為對方出眾的容貌而恍神。

惡魔臉色蒼白，蓄著一頭酒紅色長捲髮，幾縷白髮猶如挑染般交錯其中，外型看上去是個散發成熟韻味的中年男性。他戴著一副雕工精緻的單邊眼鏡，筆挺的長大衣上有華麗的圖騰，烘托出不凡的氣勢。

「嗯……不錯，這張臉蛋值得我特意跑來人間一趟了。說吧，妳想要交換的願望是什麼？」

她才剛啓唇，阿斯莫德又打斷她：「先表明，如果是要救誰或是日行一善，我可不做。再怎麼說，惡魔就要有惡魔的格調。」

阿斯莫德彎下腰，用手指挑起女子的下巴，並奉上迷人的邪魅一笑。

「我的……願望是……」

她轉過頭去，眼神充滿怨恨地看向電腦螢幕上的一張沙龍照，照片上頭標注「金客來輕小說暢銷天后宮成茜」。

一股惱怒湧上心頭，她咬牙說出願望：

「我——以自己的靈魂作為代價，讓宮成茜墜入地獄！」

阿斯莫德優雅地向她欠身，戴著黑色皮手套的左手輕輕一揮：

「如妳所願，美麗的靈魂啊——我就接收了。妳的願望，不久便將實現。」

隨著話音落下，在電腦螢幕上綻放著自信笑容的彩色照片，頓時變成黑白閃爍的畫面……

第一章

地獄才沒像輕小說寫的那樣

Tuning Demon Project

「今天的訪談就到這裡結束吧！」

隨著旋轉椅轉過來的身影，有著一頭亮麗的黑色長直髮，灰色的眼眸充滿自信。她正是當今最炙手可熱的暢銷輕小說天后——宮成茜。她毫不理會一臉錯愕的記者，逕自起身離開，披在她肩上的墊肩斗篷西裝外套隨著身體擺動。

她腳踩一雙亮銀灰尖頭細高跟鞋，鞋跟敲擊地面的清脆踩踏聲極具氣勢，因此有人稱呼她「嬌小的巨人」——正是宮成茜給人的第一印象。

「燈光師，這裡的燈光怎麼那麼差？你沒發現嗎！」宮成茜毫不客氣地指著天花板上的聚光燈，大聲吆喝。

今日的她並未坐在書桌前寫稿，而是在電影製片場一邊接受記者採訪，一邊監督片場狀況。她胸前名牌上的頭銜是「監製」，拍攝的電影正是她之前大賣百萬本的日常戀愛輕小說《沒有哥哥就活不下去了！》。

言行向來直來直往的宮成茜在片場不改本色，拿著大聲公糾正女主角的演技、批評男主角今天的造型不夠好看。眼看被她點名的人個個臉色難看，她也覺得很不滿。明明自己只是說實話罷了，為何對方會生氣？

為了轉換心情，宮成西下一秒又轉身搭訕一旁的小帥哥：「小鮮肉，我看你挺有資質的，要不要成為我筆下的男主角？啊，這是我的名片，歡迎來電。」

在旁的工作人員雙手抱胸，無奈地看著宮成茜頻頻咋舌。

「這種直腸子的個性，實在很不適合和演藝圈的人打交道，宮成茜沒有自知之明嗎？」

另一名工作人員趕緊噓了一聲：「小聲點，要是她聽到肯定不會善罷干休，到時今天的拍戲時間就泡湯了。」

一旁的導演憤怒地插話：「她不拍更好啊！我也樂得輕鬆！」

「導、導演您息怒啊！快別這麼說，這部電影還有勞您呢！」

緊張地安撫著導演的人不是宮成茜，而是她苦命的責任編輯。據說他自從接了宮成茜的案子後，常常必須低聲下氣地替她道歉。

宮成茜是出了名的一根腸子通到底、不會看人臉色，常常得罪人卻不自知。而且，有風聲說最近她出版的作品銷量越來越差，聲勢大不如前。

宮成茜無意間聽說，表面上裝作不以為然，但心裡多少明白……自己近來作品的水準確實變差，靈感更是枯竭。

丟下責編、離開怎麼看都不順眼的片場後，宮成茜回到公寓。

她打開蘋果筆電，點開名為《一般向輕小說：胡桃鉗的輪旋舞》的檔案。看著從序章後就一片空白的文件，宮成茜只覺得螢幕的光莫名刺眼，煩躁地蓋上螢幕。

「啊，靈感怎麼還不來……」

一不小心，一支昂貴的鋼筆被她的手肘掃落地上。宮成茜將其拾起後，腦海裡不由得浮現關於這支筆的記憶——這是她在出道作《魔法少女的逆襲》簽書會上，第一次收到的讀者禮物。

宮成茜記得那名讀者……即使過了十年，她也沒有忘記。

她不禁低聲呢喃出一個名字：

「月森哥……」

有那麼一剎那，給人堅強印象的宮成茜露出略感傷的眼神。但這抹感傷很快地從她的雙眼中消失，取而代之的是在她抬頭瞬間映入眼簾、一雙穿著雕花尖頭牛津鞋的腳。

「『掠奪天堂地獄人間所有少女的芳心，讓她們為愛消瘦！』……這句話我個人想推薦給妳當成新角色的口頭禪。當然，新角色必須是像我一樣的超級美男子。」對方一開口就是不明就裡的發言。

她驚慌地瞪視著不速之客，第一個反應是立刻拿起手機撥打電話：「喂，警察局嗎？我家闖入一個 cos 成惡魔的變態……」

「咳咳，真失禮！我可是貨真價實的惡魔呢！」自稱惡魔的男子像是被口水嗆到喉嚨，同時揚起手來朝宮成茜的手機一指。

「喂？喂喂？奇怪，我記得有繳手機費啊，怎麼會突然斷訊？」宮成茜沒好氣地瞪著無辜的手機。

「妳這女人，究竟該說妳膽子大還是神經大條……既然還沒意識到的話，我就只好讓妳見識見識了。」

男子再次揚手，只見宮成茜所坐的椅子竟憑空飄浮來到他面前。

宮成茜險些跌倒之際，男子不費吹灰之力將她以公主抱之姿接住！

她訝異地眨了眨眼，傻愣愣地看著男子，浪漫的粉紅泡泡氛圍彷彿籠罩著兩人……然而宮成茜開口便問：「吶吶，帥大叔，能告訴我你的羊角去哪買的嗎？好逼真，是哪個菜市場批來的吧？」

「……宮成茜小姐，妳真是讓我很想即刻送妳到地獄呢。」

男子忍住想要翻白眼的衝動，表情僵硬地回應：「我乃『破壞王』阿斯莫德！宮成茜聽著，我已將妳的靈感才華全數奪走，封印在地獄的最深處！」

明白對付宮成茜必須強硬點，阿斯莫德不給她回嘴的餘地，正色宣告：

「造成這一切的原因，是有人寧可將自己的靈魂出賣給魔鬼，也要將妳打入地獄。」

「你的意思是……我的靈感消失，是因為有人蓄意害我？」

至此，宮成茜終於意識到自己的處境。然而，她還是不明白到底是誰如此憎恨自己，因為討厭她的人實在太多了！

「『杞靈』，這個筆名妳聽過嗎？」在惡魔心中沒有所謂保護當事人隱私的問題，阿斯莫德直接說出案主的名字。

「杞靈……杞靈……啊，我想起來了！」

宮成茜努力思考了一下才想起，那是和自己同期出道、銷量卻一直差強人意的二線輕小說作家。宮成茜會記得這個人，並非因為同為作家，而是那讓人難忘的美麗長相，實在諷刺。

「看來妳已經進入狀況，那我繼續說明，我阿斯莫德對女性向來是很體貼又有耐性的。」

「說吧，我倒想聽聽後續。」

「唔，一點也沒有被惡魔和地獄給嚇著嗎？……真是令人意外的人類。」瞧宮成茜一點也不意外的模樣，阿斯莫德還真是開了眼界。

「別拖拖拉拉了，快說！」宮成茜反倒不耐煩起來，厲聲地催促對方。

「咳，聽著，若妳想取回被封存的靈感，就必須深入地獄的最深處。」阿斯莫德正色道。

「就算是地獄，我也勢必會將靈感取回！」宮成茜堅定地立下誓言。

「妳即將被打入地獄，但並非沒機會重返人間，只須完成一個任務便能回到現世。」阿斯莫德話鋒一轉。

宮成茜眉頭微皺，納悶地問：「什麼任務？我不過只是一個普通作家，勇者冒險還是找其他人吧！」

阿斯莫德搖了搖頭：「不，我們委派給妳的任務當然不是那種類型。正是由於妳輕小說家的身分，這個任務只有妳做得來。

「妳的任務——便是將地獄裡的所見所聞寫成一部輕小說，替吾主晨星·路西法大人進行人間的門面宣傳。只要完成這部輕小說，妳就能重返人間，若幸運點還能帶回靈感。」

「啊？我沒聽錯吧？」宮成茜不可置信地瞪著眼前的惡魔。

雖然難以接受，但既然都要下地獄了，這個交易似乎不算太壞……若真能讓她取回靈感、重返人間，也算塞翁失馬。

「溫馨提醒，這個任務無論妳願不願意都必須接下哦，別忘了我們是惡魔。好了，我在人間待的時間也有點久……宮成茜，妳還有什麼遺言要說？」阿斯莫德看一下腕上的手錶，抬起頭來問宮成茜。

「我勢必會將靈感取回，然後活著回到人間！」

這不是遺言。

對宮成茜來說，這只是一場出差——她絕對會活著回來！

阿斯莫德從容一笑，隨後抬手。

滴答、滴答，地獄遊歷的時間開始轉動……

宮成茜醒來時頭痛萬分，後頸更是火辣辣地發疼……當時，阿斯莫德用手刀從她後頸劈下，她便徹底失去意識了。

「沒想到下地獄的方式竟這麼拙劣……我以前到底都寫了什麼複雜萬分的故事啊？」

宮成茜萬萬沒料到，墜入地獄的過程竟簡單得可笑，她真想回去告訴那些同行，別再把下地獄的過程寫得太過精彩魔幻了。

「這裡，就是地獄嗎……」

宮成茜環顧四周，還真是典型的地獄景色：沒有陽光的黑暗天幕湧動著酒紅色的雲層，放眼望去，四周毫無人煙，瀰漫著幽怨悵然的絕望氛圍。聳立眼前的地獄之門內吹來陣陣冷風，門上刻著一段年代已久的模糊字句：

從我這踏上悲慘之城的道路；

從我這墜落永恆痛苦的深淵；

從我這加入永劫的幽靈隊列。

三位一體之真神建造我，
在我之前無造物，我與天地永存；
凡走進此門者，將捐棄一切希望。
目前，宮成茜覺得這個地獄還算有模有樣……直到她見著一面寫著「歡迎光臨地獄」的招牌，以及旁邊寫著「代言人．地獄娘小舞」的動漫風格少女人形立牌。
……那個路西法到底多想用動漫行銷地獄啊?!
觀望之餘，宮成茜忽然發現自己除了體溫略低，呼吸和心跳什麼的都還正常運行。此時，遠方天際烏雲翻滾集結，伴隨著一道雷霆聚集的沉悶聲響，宮成茜一看，原來是正騎著飛龍、緩緩從雲中降落的阿斯莫德！
「還真是魔王級的登場風格……」
宮成茜愣愣地看著。令她詫異的並非阿斯莫德的現身，而是那頭飛龍坐騎。
基本上和她想像中的龍沒什麼兩樣，大抵是西方史詩中的那種飛龍，或者就像《精靈寶●夢》中小火龍的最終進化版。

想不到她有機會親眼一睹！

「排場這麼驚人，究竟是為了什麼事而來，你說說看。」維持一貫什麼都嚇不倒的態度，宮成茜手扠腰問道。

「身為一個女人，妳這種個性還真是奇葩……算了，我也不是閒著沒事來找妳，我接下來還跟其他美女有約呢。」阿斯莫德從飛龍背上走下來。

「所以你到底來找我做什麼？」實在受不了這個惡魔自說自話，宮成茜沒好氣地催促。

「我前來的目的，妳應該要感激我——因為我要將自身三分之一的魔力傳承給妳。」

「三分之一的魔力？你頭殼壞去了嗎？為何要這麼做啊？」難以相信自己所聽到的答案，宮成茜蹙眉詢問。

阿斯莫德嘆了一口氣：「要不是吾主晨星．路西法大人下令，我也不願意啊。晨星．路西法大人為了確保妳在地獄取材時的安全，命令我借予妳三分之一的惡魔之力。有了這份力量，縱使身處地獄，妳也有足夠的自保能力。」

「原來是這麼回事……」宮成茜恍然。

「只不過剛開始時妳無法熟練地使用力量，所以會弱上不少。另外，我今後就是妳在地獄裡的責任編輯，會隨時掌握並追討進度！」阿斯莫德信誓旦旦地宣稱，胸有成竹地捶了一下胸膛。

「還真是名符其實的魔鬼責編……」宮成茜不改喜歡吐槽的個性。

此時的她還不曉得，「破壞王」的三分之一力量有多麼強大。

「現在，閉上雙眼。」阿斯莫德對著宮成茜下達指示。

宮成茜眉頭一皺，滿臉狐疑：「你想幹嘛？」

「妳說呢——」

宮成茜半信半疑地閉上雙眼，下一秒便感覺腰肢一緊，同時有道柔軟的觸感襲上雙唇。

「唔！」

猛然睜開眼睛，宮成茜發現自己被阿斯莫德摟入懷中，雙唇正親密交疊。

「你做什麼！」

宮成茜連忙將阿斯莫德用力推開，用手背使勁擦嘴。

「給予力量。」面帶優雅笑容，阿斯莫德不慌不忙地答覆。

「這、這是哪門子的方式啊！小說裡的力量轉介不是都要費九牛二虎之力嗎！怎麼可能憑一個吻就能接收力量？你這狡詐的惡魔！」宮成茜憤怒地跺腳，指著對方咆哮。

「妳怎麼沒想過，是你們小說家把事情複雜化了呢？別氣了，那麼美麗的臉蛋生起氣來可不好看呀。還有，我可是惡魔，就把妳的話當作讚美了。」阿斯莫德維持一貫的從容，單邊眼鏡下的雙眸笑瞇成一條線。

「省下你的力氣，你的花言巧語對我毫無用處！」不管眼前之人是名惡魔，氣頭上的宮成茜劈頭就罵。

「嗯，先別說這個了，妳知道自己已經有所變化了嗎？」

「拜託你別用直銷公司的推銷名言跟我說話……等等，變化？」

宮成茜先白了對方一眼，隨即低頭愣愣地看向自身。

「這是……！」

宮成茜發現她的長髮髮尾變成了暗紅色，身上也多了一件由阿斯莫德贈送的龍鱗馬甲。

為何她知道那是龍鱗馬甲？

很簡單，因為和阿斯莫德騎來的那頭飛龍身上的鱗片一模一樣！

「至於妳的武器，我已經請地獄工匠事先打造好，只是目前出了點小問題。」

「什麼小問題？」宮成茜追問道。

阿斯莫德一手摸著好看的下巴，表情微妙：「寄送出了點小問題。我委託『替死鬼宅急便』幫我宅配到府，誰知送貨員臨時吃壞肚子，好像是吃了冥河裡不新鮮的魚吧……」

「替死鬼宅急便這點我就不吐槽了，重點是——生長在冥河的魚光聽就知道有問題了還吃！」宮成茜實在快昏倒，怎麼會有人捕冥河的魚來吃！

「冥河的魚好與壞是機率問題，有時能夠捕捉到人間絕無的珍饈美味，相對的，也會有人間前所未見的可怕魚種……總之，妳的武器今天拿不到手，只好讓妳親自去工匠那邊取貨付款。」

阿斯莫德說著將一個繪有羊角圖案的令牌交給宮成茜。

「地獄現在也高度商業化了嗎……」宮成茜拿著手中的令牌不禁感嘆。

「哦，對了。雖然我是妳的責編，但並不會常常伴隨在妳身邊。除非，真有妳抵擋不了的危急時，我可能、應該、或許會現身救援。說到底，我要救的美人太多了，照等級排下來妳還在中後段。」

「你說話可以不要這麼欠揍嗎？在我宮成茜的字典中沒有『危險』這個詞。我勢必會取回靈感，完成這不可能的任務！」朝阿斯莫德翻了個白眼，宮成茜雙手扠腰認真道。

面對自信又堅定的宮成茜，阿斯莫德只是聳了聳肩，嘴角勾勒出淺淺一笑：

「是嗎？那麼，祝妳好運了。對了，替死鬼宅急便的總公司在通過亞開龍河後的南側，不會太遠，穿過去就是了。」

「我知道了，這種像是超商取件的小事難不倒我。」宮成茜邊說還邊自信滿滿地甩了甩頭髮。

「這麼說來，妳也不需要搭便車了吧。」

沒等宮成茜回應，阿斯莫德一個跳躍回到飛龍座騎背上。

「等等，我可沒這麼說……！」

宮成茜來不及攔阻，只能眼睜睜地看著阿斯莫德駕御飛龍騰空離去。

「狡猾的惡魔！」

眼看阿斯莫德駕著飛龍頭也不回地消失在天際，宮成茜跺腳咒罵一聲，氣得牙癢癢。同時再次確認，儘管阿斯莫德有著超乎常理的俊美與魔魅，終究是沒良心的魔鬼啊！

「不，這算不了什麼，我宮成茜一定可以靠自己走到替死鬼宅急便！」

走進地獄之門，宮成茜轉頭查看四周，舉步往寫著「候判所登記處」、「亞開龍河」的指標前進，除此之外她也別無選擇了吧。

第二章

替死鬼宅急便小鮮肉

Tuning Demon Project

宮成茜來到亞開龍河。一個白髮帥大叔正操著船槳在渡口前徘徊，似乎在等待乘客。他打著赤膊，下半身僅纏一條白布遮掩重要部位。胸前的名牌寫著「卡隆」。

「這種西方油畫裡常出現的穿搭具現化後，還真是充滿殺傷力跟情色感啊……哦哦，風再吹強一點，把白布吹落吧！」

毫不害羞的宮成茜目光大剌剌地放在卡隆繫在腰間的白布上，緊盯著微風吹拂時那翻飛的布幔底下若隱若現的部位。

「小妞，要乘船嗎？剛剛破壞王大人叮囑過俺了，要載妳到候判所。」卡隆察覺到宮成茜的視線，將船駛到她面前並出聲詢問。

「哦，那就麻煩你啦，大叔。」

「什麼大叔，叫俺大哥！不然俺管妳是破壞王的誰，立刻把妳扔下船！」卡隆憤怒地將手中的船槳用力一振，立刻在河面上掀起一波懾人的浪花。

「呃，我知道了。大哥，請你載我一程吧。」

為了不要淪落到跟那些在亞開龍河裡載浮載沉不斷哀號的靈魂一樣的下場，宮成茜從善如流地改口。不過她始終不解，自己一向實話實說，卻總惹人不悅……就連來到地獄也是如此。

很快的，宮成茜度過亞開龍河、踏上了彼岸的土地。

矗立在宮成茜眼前的，是遠處一座巨大的城堡——候判所，四周還環繞著護城河。跨越護城河面連接兩岸的，是一座看起來不怎麼牢固的木橋。橋的另一端則看似護城門。共有七重高牆戍衛著這座高貴的候判所。

近處，穿著白色制服的男性手持一面看板：入關者請按順序排隊，請勿插隊。

這不禁讓宮成茜想起人間時的狀況——每當百貨周年慶或熱門美食店家新開張時，也會有工讀生舉牌要客人按規定動線排隊前進……每天都有那麼多人下地獄，確實會造成這樣的人龍啊。

看到這麼多男女老幼排隊等待入城，宮成茜正忖度自己是不是該跟著排隊時，注意力忽然被一陣吵雜聲吸引過去。

「嗯？那裡在吵些什麼？」

映入宮成茜眼簾的，是一個抱著毛茸茸小狗的女孩，和她身後一名不斷怒罵的成年男子。宮成茜湊過去仔細聆聽。

「妳聽不懂人話嗎？我對狗過敏！快給我排到後頭去，別出現在老子眼前！」

身形健壯的男子惡狠狠地怒斥著女孩。

「可、可是哥哥和我一樣都是亡魂，怎麼還會過敏……」

「閉嘴，我的心靈對狗過敏！」

男子說著便舉拳要朝小狗揮去，眾人大吃一驚，但他的手卻遲遲沒有落在小狗身上——宮成茜一把抓住男人粗壯的手腕，眼神冷冽地瞪視著他。

「欺負婦孺與動物，還算是男人嗎？還是你在下地獄前就被閹割了？」

「哈啊？妳欠揍啊！」

男子正要抽手改朝宮成茜揮拳，卻見宮成茜一個側身，瞬間就輕輕鬆鬆地將那龐大的身軀過肩摔！

「你惹錯人了——我可是黑帶等級的。」宮成茜拍拍雙手，像是在拍去什麼髒東西，投向男子的目光更是不以為然。

「好、好可怕的女人……她剛剛撂倒的那傢伙在人世時可是角頭老大耶……」目睹此事件的一名男性亡魂和身旁友人竊竊私語。

「所以說，這年頭惹熊惹虎，就是千萬別惹到恰查某！」友人心有餘悸地回應。男性亡魂立刻點頭如搗蒜：「也許她是更大尾的黑道老大千金？電影都有演啊，什麼黑道千金逼我嫁……」

「對啊。冰的啦！」友人一邊說一邊做勢翻桌。

「……那兩個蠢蛋到底在演哪一齣啊？」宮成茜冷眼看著一搭一唱的兩人。那兩個傢伙為什麼會下地獄？說不定就是因為太笨？

「姐姐。」

一道清脆稚嫩的嗓音傳了過來，宮成茜順著聲源望去，是剛剛自己搭救的那名女孩。女孩一手緊抱著小狗，一手輕輕地扯了扯宮成茜的裙子，水汪汪的雙眸注視著她，一副有話要說的模樣。

「我知道妳想感謝我，不用了，我宮成茜不需要。」宮成茜拍了拍胸脯，略帶得意地回應。

「姐姐，不是這樣的。」女孩搖了搖頭。

宮成茜眉頭一皺：「那妳想說什麼？以身相許就不必了，我對蘿莉沒興趣。」

她不給對方一次把話說完的餘地，再度自說自話。

「姐姐，我家小毛剛剛尿在妳腳上了。」

「什麼?!啊啊啊啊啊！妳、妳怎麼不早說啊?!」

宮成茜驚慌地低頭一看，果真見到自己昂貴的高跟鞋上有一泡黃澄澄的液體。

「是姐姐一直不讓我把話說完的。」女孩一臉無辜地回應。

「該死啊啊啊，早知道就不幫妳了！」

宮成茜趕緊拿出面紙擦拭高跟鞋……還好她有隨身帶衛生紙的好習慣。

「喂，妳知道這隊伍要排多久嗎？我要去替死鬼宅急便的總公司！」

儘管很想大發雷霆，可對動物或小孩發脾氣違反宮成茜的原則，她只好硬生生忍下這口氣。

「姐姐手上拿的是破壞王大人的令牌嗎？」女孩目光落在宮成茜手中的令牌上。

「破壞王……啊，妳說那隻黑心惡魔呀？這是他給我的沒錯。」

宮成茜想了一下，記得頭上長著黑色大羊角的惡魔跟她提過，說他有個很響亮的稱號名叫什麼「破壞王」。

「姐姐並不是一般的亡魂吧？感覺妳身上的味道更像是活人……不過，這也不打緊，只要有破壞王大人的令牌，就能自由進出任何關卡。否則，通常都得像我們一樣在這裡排隊等檢驗通關喔。」

「原來那傢伙的令牌這麼有用……」宮成茜低頭看了一下手中的令牌，真沒料到這小小的玩意如此重要。她忽地想起剛剛將那惡霸過肩摔時的異常感受。縱使她學過柔道，但並非適才所宣稱的黑帶，只是個白帶初學者。

到底是那惡霸外強中乾？抑或是……阿斯莫德那傢伙給她三分之一力量後的改變？

思至此，宮成茜不禁低頭看了一下雙手，隨即搖了搖頭，告訴自己當務之急是盡快前往替死鬼宅急便。

「對了，以後面對那種不講道理的壞人時，記得要比他更強勢。我走啦，妳就慢慢在這裡排隊吧！」

宮成茜用力地搓了搓女孩的頭，又隨手摸了摸小狗軟綿蓬鬆的毛後，以不帶走一片雲彩的帥勁和乾脆邁步離開。

拿著阿斯莫德給的令牌，宮成茜果然得以迅速通關。旁邊苦苦等待的亡魂們無不投以羨慕的目光。只是向來自命不凡的宮成茜認為，光憑她「宮成茜」的名字就該享有這種待遇。

通關後，眼前是一條分隔兩岸的淡紫色河川，水面上一縷又一縷白色的不明魂體飄流而過。宮成茜能清楚聽見從河中隱約傳出的低沉悲鳴和痛苦哀號。

「哼，這麼痛苦的話，生前就不要做壞事啊。」宮成茜不以為然地道。

河邊豎立著一面招牌，寫著「冥河」。左側有另一面招牌標明：替死鬼宅急便總公司，往左八百公尺。

「看來很快就能到達了……」

蹬著染有小狗尿漬的高跟鞋，宮成茜朝指標指示方向加快腳步走去。很快地，一棟白色鐵皮廠房映入眼簾，建築物上頭確確實實地寫著「替死鬼宅急便總公司」。

「很好，就是這裡了！」

為了一個不知道有何作用的武器辛苦來到此處，宮成茜覺得有些不是滋味。她現在只希望阿斯莫德的令牌最好能讓她換一雙新的便鞋。

踩著髒兮兮的高跟鞋在地獄裡遊蕩，對愛漂亮的她而言簡直是酷刑。

正準備從大門口進入，宮成茜卻被一幕美景吸引——在大門左側的貨物運輸處，有一群穿著藍白色POLO短袖制服和白色長褲、頭戴帽子的肌肉猛男！

「天啊，一群猛男！」

宮成茜不禁倒抽一口氣，兩眼發亮直勾勾地看著前方景象。光顧著垂涎的她一個不小心撞倒身旁堆疊得高高的貨物，滾落下來的箱子狠狠砸中她的左腳！

「好痛！」宮成茜皺眉唉了一聲。怎麼自從入地獄後就有種禍不單行的感覺？

「妳沒事吧？還好嗎？」

由於宮成茜造成的聲響頗為響亮，一名宅配員馬上衝到她的面前，將壓在她腳上的貨物搬起。

「怎麼會沒事？腳好疼啊……」

嘴裡叨叨抱怨著的宮成茜抬頭一看，發現對方就是方才她一直偷窺的肌肉猛男帥哥宅配員，眼睛頓時一亮，痛楚瞬間蒸發。

「腳疼嗎？不能走路了吧？來，我送妳進去休息。」

沒等宮成茜回應，帥哥宅配員光天化日之下一把將她打橫抱起，往宅急便大門口走去。宮成茜愣愣地看著帥哥宅配員的側臉，剛毅帥氣的側臉讓她好生迷戀。她能不能假裝忘記領取包裹的任務，只要和猛男鮮肉繼續待下去就好？

帥哥宅配員抱著宮成茜，來到一處像是醫護室的地方。櫃子上擺著各種人間沒看過的藥罐，除此之外只有簡單的一張床。帥哥將宮成茜溫柔地放下，讓她的背脊輕輕地與床榻接觸，再替她蓋上棉被……

「那個……棉被都把我的頭蓋住了哦。」

聽了宮成茜的話，對方急忙將棉被往下拉，不好意思地道歉：

「哦，不好意思，打從我斷氣的那一刻起就這樣睡習慣了。」

「我才沒有斷氣！」

馬上坐起身，宮成茜臉色刷白，狠狠地瞪著一臉納悶的帥哥宅配員。她差點都忘了，這些帥哥再怎麼賞心悅目，還不都是替死鬼！

「小姐，妳動作這麼大，腳傷真的沒問題嗎？」

「比起腳傷，我的心更寒……」

對宮成茜來說自己仍有很大的機會重返人間，不願承認自己也是亡魂一名。

「覺得冷嗎？抱歉，因為部分貨物需進行低溫處理，整座工廠都偏冷。這裡也沒有電暖器，該怎麼辦呢……」

帥哥宅配員苦苦思索。宮成茜不知這傢伙在自說自話些什麼，正沒好氣地想要開口時，對方突然俐落地脫下自己的外衣！

天啊，略帶小麥色的胸肌與腹部六塊肌，還附贈兩道深深的人魚線……宮成茜好久沒看到這麼驚人又可口的畫面了！

目光還直愣愣地欣賞對方之時，帥哥宅配員光裸著上半身，慢慢靠近宮成茜……隨著距離縮短，一陣好聞的濃郁男人體香、夾雜些微汗水的迷人氣味襲來。

對方只是單純地想藉自身肉體的溫度，「溫暖」看似受寒的宮成茜。但看在宮成茜眼裡，這簡直是一場無上的肉體盛宴——健康的小麥色肌膚，堅挺飽滿的胸膛，丘壑明顯、好似雕鑿而出的六塊腹肌。宮成茜的視線繼續往下探，那顯而易見的人魚線向下延伸，通往禁忌的祕林……

眼睜睜看著帥哥宅配員朝自己越靠越近，宮成茜頻頻吞嚥口水，不禁在心裡吐槽：居然真有人用這種方式來替別人取暖？看來這名宅配員會墮入地獄的原因，不是太笨，就是滿腦子只有肉體碰撞的淫念吧。

不過，既然有現成的天鵝肉上門，她宮成茜豈有不好好大快朵頤的道理？

「來吧，小鮮肉，我已經準備好了！」

眼看目標正要爬到床上、打算以自身熱度替她升溫時，突然，對方口袋裡的手機急響。

「編號七一四七！你在哪裡鬼混？還不快去出貨！第一層的花園管理使者在催貨了！他們的種子還沒送去嗎?!」

手機另一頭的聲音罵得相當嘹亮，一旁的宮成茜都聽得一清二楚。唉，打來這通電話之人肯定是宅配員的上司，這年頭連死後都擺脫不了工商社會的階層壓迫啊……宮成茜不禁感嘆良多。

「小姐，實在很抱歉，我必須先離開去送貨了。」帥哥宅配員重新穿回衣服，不好意思地向宮成茜致歉。

宮成茜也沒為難他，小聲地補上一句：「沒關係，反正我從頭到尾都不覺得冷，只有你認為我需要取暖……」

宅配員沒聽到宮成茜的話語，匆忙地離開醫護室。至於宮成茜，反正這場意外的小插曲結束了，她便離開此處，步行到宅配公司的大廳櫃檯領貨。

來到櫃檯，宮成茜驚詫地發現，眼前這名工作人員——竟是一隻穿著宅急便POLO衫制服的黑貓！

這算是抄襲人世的某家動物宅急便嗎？

看著這隻黑貓接待員，宮成茜實在不知該如何開口稱呼，直到對方察覺到宮成茜一直在櫃檯前徘徊不定，才主動招呼：「請問是宮成茜小姐喵？」

這隻貓居然會講人話！聽聲音顯然還是隻母貓……

宮成茜吃了一驚，當下很戲劇化地倒退三步。

眼看這位接待喵小姐（取名by宮成茜），一邊舔舔腋下的毛，一邊對宮成茜道：「看來是宮成茜小姐無誤了喵。破壞王大人特別交代過，有個很失禮的女性人類會前來此處取包裹，看來就是妳沒錯了喵。」

「……沒品的阿斯莫德，居然到處宣揚我的壞話。」宮成茜臭著臉喃喃自語，接著轉頭正視接待喵小姐：「我正是宮成茜，既然妳已經從阿斯莫德那傢伙口中得知我的事，請把我要領取的包裹交給我吧。」

接待喵小姐一邊用後腳撓頭一邊說：「好的，稍等我一下喵，我先處理掉身上這隻跳蚤，有點討厭呢喵。」

……到底是誰比較失禮啊？宮成茜沒好氣地翻了個白眼。

等接待喵小姐把事情忙完後，跳到櫃檯後頭如棋盤錯綜的櫃子上，拉開其中一個抽屜，從中叼出一個牛皮紙箱又跳回櫃檯，最後輕輕放下包裹，對看傻眼的宮成茜道：「喏，這就是破壞王大人要給妳的包裹喵，請在旁邊這張紙上簽收喵。」

「阿斯莫德那傢伙要給我的東西，就是這個嗎……」

宮成茜拿起筆簽下名字，從接待喵小姐手中收下包裹。包裹不是很重，宮成茜刻意晃了晃牛皮紙箱，從內容物晃動的聲音來判斷應該也非體積很大的物品。

像這樣的東西能夠當作防身武器嗎？宮成茜很是懷疑。

「宮成茜小姐不現場拆開一看喵？這可是破壞王大人給妳的包裹呢！妳不期待

本喵可是很期待呀！」

聽到喵小姐的催促，宮成茜沒好氣地回：「所以我說，到底是誰沒禮貌啊？算了，拆就拆吧。」

她只是不想跟一隻畜生過不去才答應，絕對不是因為這隻接待喵可愛得讓她軟化……哼，別以為用毛茸茸的皮毛就可以收服她的心！

宮成茜拆開包裹，裡面竟是一根約莫手電筒大小的法杖。

為何宮成茜將之認定為法杖？原因很簡單……這支法杖的造型，根本和小時候看的《美X女戰士》變身用的法杖如出一轍啊！

「拜託，這個地獄是有多想走ＡＣＧ風格？還有沒有點地獄的尊嚴跟形象啊！」宮成茜又忍不住碎念一下。

法杖的顏色是琥珀金，杖身上有數條白色縱線，手電筒般的大小和長度剛好便於一手掌握。法杖頂端嵌著一塊約一克拉的璀璨紅寶石。姑且先不說它是否真具有法杖的能耐，這件物品本身就是非常精緻漂亮的工藝品。

宮成茜不禁開始懷疑，這麼小支的法杖到底有什麼用途？

正當她握緊手中法杖，思考著該如何使用時，接待喵的聲音傳來：「咦？包裹裡還有一張紙條喵。」

……應該不可能是說明書吧？又不是玩具。

宮成茜拿起紙條，誰知道上面還真的寫著「使用說明書」。

她的眼神頓時有如死魚一般，可悲的是在這種情況下她仍得閱讀這份說明書：

親愛的用戶您好，此法杖乃特殊訂製款，由生前殺人犯工房鍛造，破壞王阿斯莫德監製。

當您遭遇敵人或意圖進行攻擊時，請將法杖頂端的紅寶石對準目標，並大喊：「死光執行！」

隨著您的使用程度越發熟練，也能召喚其他進階招式。

若對本產品有任何疑問，或發現瑕疵，請撥打殺人犯工房服務專線……但不保證一定接聽，工匠可能正在進行地獄服刑的工作。

「這算哪門子的說明！」

宮成茜面無表情地將說明書揉成團並往地上扔，再毫不留情地用力踐踏。

接待喵小姐搖了搖頭：「喵，還真如破壞王大人所說，是個失禮又好粗魯的女性人類呀喵。」

宮成茜一聽，立刻將法杖對準接待喵：「死光執行。」

「喵！」

一道紅色雷射光瞬間擦過接待喵的耳旁，將後頭的櫃子打出一個巨大的洞！

宮成茜驚嘆地看著手中這把法杖。當她喊出「死光執行」時，法杖立刻增長有如枴杖。

「頗有威力的嘛……而且還會自動變大啊！」宮成茜看著法杖嘖嘖稱奇。

接待喵小姐氣得貓毛跟尾巴都豎起，張牙舞爪地朝她怒喊：「喵的！妳這暴力女人！是想殺死本喵嗎！還有，妳得負責賠償喵！」

「啊，剛剛一時手滑。想要賠償的話，就去找你們的破壞王大人吧，他現在是我的責編。」

一點也不把對方當回事的宮成茜繼續把玩手裡的法杖。

「這麼威的法杖，我一定要取個名字……對了，就叫『破壞F4紅外線』吧！」

「好沒品味的取名喵！」接待喵小姐歪著頭，不以為然地吐槽。

宮成茜眉頭一皺，如黑社會大姐頭般惡狠狠地瞪向接待喵：「……啊？再說一次？」同時將法杖二度對準。

接待喵馬上將尾巴夾起來，擺出求饒般的姿態，用水汪汪的雙眼望向宮成茜：「喵喵～人家剛剛什麼都沒說喵～」

「我說，妳在抄襲鞋貓吧……」

那位晨星．路西法大人是有多愛看動畫？地獄在他的帶領下，連一隻貓都懂得如何像他們的前輩（？）鞋貓劍客般賣萌……

「對了，有一點我很好奇。地獄裡除了長得像人類的亡魂外，還有像妳這樣的非人類物種？」早在見到接待喵時就很想問了，只是宮成茜現在才將問題拋出。

「喵，這妳就有所不知了。」

舔了舔身上的黑毛後吐出一團毛球，接待喵這才告訴宮成茜關於地獄的一個普遍知識。

「在地獄裡，人類亡魂通常是受罰的對象。除了受罰者外，咱們地獄裡本身就有各類種族，大都擔當卒獄、使者或管理者，也有人像本喵一樣在這種商號裡工作。

不過當然也有不受工商社會影響的法外種族啦！」

接待喵小姐又說：「別小看本喵，本喵可有著地獄九尾貓的血統呢喵！」

「九尾貓？明明只有一條尾巴……」

「我們平常沒事不會把九條尾巴都露出來好嗎？喵的！」

經在地獄了。

接待喵小姐又是憤怒一回。這個宮成茜應當被打入地獄受罰才對……啊，她已

「妳的尾巴藏在哪裡不重要，我不跟妳閒聊了。」

總之，終於取得武器的宮成茜決定離開替死鬼宅急便公司。

話說回來，她對於下一步毫無頭緒，只知道自己的靈感被鎖在地獄的最深處……對了，就往最深處走吧！

宮成茜決定去詢問掌管候判所的管理者，至少這個人——好吧，可能不一定是人——絕對知道如何通往下一層。

「候判所是往這個方向走沒錯吧？」

宮成茜離開替死鬼宅急便公司後，順著沿路指標往目的地前進。

走著走著，她的心裡不禁嘟囔起來。這趟旅程不知道會不會一直這麼孤身走到底……連《神曲》裡的但丁都有維吉爾陪同，更況且她貌美如花，地獄之行豈能沒有護花使者？

其實宮成茜有自知之明，既然被懲罰下地獄，想要有護花使者陪同還真是可遇不可求。

「好，穿過這片樹林應該就能抵達候判所了……嗯？」

聽見前頭傳來異樣的聲響，宮成茜暫且停下腳步，本能的警覺心使她迅速躲到樹叢後查看外頭。

隨著惱人的聲響越來越大、越來越近，宮成茜也得以確定逐漸朝自己逼近的生物為何……

黑色殺人蜂?!

透過樹葉的縫隙，宮成茜看到那不斷發出駭然的嗡嗡聲響的生物真面目，正是一隻外型足足有一個成人高的黑色殺人蜂！

宮成茜不會認錯。她小時候吃過這種殺人蜂的虧，險些讓她提前下地獄……不對，是提前上天堂！

從接待喵小姐那兒得知了地獄小常識後，宮成茜知曉地獄裡除了亡魂也有許多人間沒有的物種，只是她萬萬沒想到，地獄裡的殺人蜂居然長得如此壯碩！

躲在樹叢後的宮成茜嚥下一口水。這種驚人尺寸的殺人蜂她可得罪不起，況且兒時慘痛的記憶，讓她對這類蟲子感到特別恐懼。

宮成茜緊張得心跳加速。

從那隻殺人蜂的飛行路徑來看，應該是正在巡邏……

拜託拜託，快點巡邏完滾回家吧！

宮成茜雙手合十不斷在心裡祈求。只是事與願違，大概是宮成茜身上濃郁的香水氣味，讓那隻黑色殺人蜂發現了她的蹤跡！

嗡嗡嗡——

殺人蜂闖入樹叢，伴隨霰彈槍射擊般震耳的聲響，襲向來不及逃跑的宮成茜！

「既然你主動上門挑釁……老娘也跟你拚啦！」

眼前的局面，逼得宮成茜不得不拿起武器應戰——正好，來測試這支法杖夠不夠厲害吧！

「破壞Ｆ４紅外線，死光執行！」宮成茜大喊一聲。

剎那間，法杖立刻變形、投射出赤紅色的強力死亡光束。

死光直直地射向直飛而來的黑色殺人蜂，誰知道殺人蜂輕鬆地閃過。

該死的！你閃什麼啊！

又是氣憤又是驚懼的宮成茜只能轉身逃跑，閃躲不斷追在後頭、頻頻使出毒螫要襲擊她的殺人蜂。

只是一味閃躲逃避也非宮成茜的風格。等待可以出手的時機，她再度使出死光與殺人蜂戰鬥。

儘管「破壞F４紅外線」威力確實很強大，死光所經之地瞬間灰飛煙滅，但再怎麼說，宮成茜只是手無縛雞之力的作家，擅長的是拿筆而非持武器作戰。因此面對戰鬥經驗豐富及生存本能強大的殺人蜂，宮成茜理所當然落了下風，處處險象環生。

「喂，阿斯莫德！我都快被這隻巨無霸殺人蜂螫死了！雖然我很不想叫你出來幫忙……但你快點現身啊！」

危急之時，宮成茜試著召喚阿斯莫德，但不管用喊的、叫的、心裡默念祈禱……各種她小說裡寫過的「召喚」手法都使上，就是遲遲不見該死的阿斯莫德現身！

「可惡！小說漫畫裡的召喚都在唬爛！」

被逼到絕境的宮成茜開始胡亂發射死光試圖亂槍打鳥，只是殺人蜂也非省油的燈，牠的身形雖然龐大，但動作卻很敏捷，根本難以命中。

「糟了……！」

眼看殺人蜂的毒針就要刺中宮成茜之際，一道伴隨著寒氣和雪花飛降的劍鋒劃過！

宮成茜忘了自己正命懸一線，痴痴地看著突然出現在眼前的身影。

那張似曾相識、甚至曾經如此熟悉的側臉……

她愣愣地喊出一個名字：

「月森哥？」

男人執著劍，以宛若寒冰的冷冽嗓音低喊：「冰河彼岸。」

挾帶著寒氣的西洋劍轉瞬間伸長，刺中閃避不及的黑色殺人蜂！

被擊中的瞬間，黑色殺人蜂的身軀迅速結冰，白色的雪花張牙舞爪地快速占據牠的身體。

下一秒，宮成茜便見這隻個頭與自己差不多的殺人蜂，眨眼間化成冰霰消散於空中！

擊退殺人蜂後，男子緩緩轉過身來，面向看傻眼且頻頻揉著眼睛的宮成茜。

與之對視的宮成茜心跳開始鼓譟，反正她是信了——這個人，一定就是她的月森哥。

這名男子的表情淡漠，水藍色短髮、金色雙眸，穿著一身筆挺的白色西裝和焦糖漸層色尖頭皮鞋，身高約一百八十公分以上，身上帶著一抹好聞的男用香水味。男子形象優雅，彷若貴公子，給人品味很好的感覺，只是眼神中似乎帶著一絲憂鬱的氣息。

儘管左眼有被螫傷的痕跡，依然無損於他的俊美和氣質。

從那傷疤暗沉的顏色來看……那並非方才戰鬥中留下的傷，而是有些年代的舊疤。

縱使和記憶裡的月森哥有些許不同，可是宮成茜認得對方的神韻、氣息，以及一種莫名的直覺篤定。尤其看到對方手上的護腕後，她知道這是月森哥形影不離的隨身物品。

她更為堅定地再次呼喊對方：「月森哥！」

這一回，男人終於有了回應。

「茜……好久不見。」

名喚月森的男子正逆著光，將他冷冽的形象襯托得彷若隨時會融解的薄冰。就連那一聲呼喚，也顯得輕輕幽幽、縹緲不定，一度讓宮成茜以為自己幻聽。

可宮成茜比誰都清楚。

這輩子，會這樣喚她的人，只有月森哥。

只有這個此刻站在自己眼前的男人。

「月森哥……！」

沒有太多考慮，沒有太多想法，更不想再顧慮世俗眼光，向來以直覺行動的宮成茜立刻衝上前，張開雙手緊緊地環抱對方。

「茜，妳還是一樣地熱情。」

月森輕輕地將手搭上宮成茜的背，溫柔的嗓音如美酒般低醇地在她耳邊化開。

「月森哥……你怎麼會出現在這裡？剛剛又是怎麼回事？」

宮成茜鬆開懷抱後，便將自己最迫切想知道的問題拋出。月森早已不在人間……當年的月森因一場意外離世，讓當時的宮城茜難以接受。

她百思不得其解，她認識的月森怎會出現在地獄之中？

地獄，不是那些有罪的靈魂流連之處嗎？

為何那個最溫柔、最寵溺自己的月森哥，會來到這種地方？

「茜，我是一個罪人，本該墮入地獄。但是，我之所以能夠擁有打敗那隻殺人蜂的能力，是因為妳。」

月森拿起手中那把水藍色帶點透明晶瑩之感的西洋劍。

「這把『冰河彼岸』，是晨星．路西法大人贈予我的武器，代價……則是要用它來保護妳，茜。」

「月森哥，你的意思是，你剛剛那超絕帥氣、就像是動畫男主角的超能力與劍技，都是那個什麼路西法賜給你的？還有……用來保護我是什麼意思？」即便是面對朝思暮想的月森哥，宮成茜還是不免質問起對方話語中的可疑之處。

「還真是像以前一樣，什麼都瞞不過茜的法眼。」

月森嘴角微微挑起一抹好似有些無力的淺笑，收起那把西洋劍，道：「我和晨星·路西法大人做了交易，他讓我擁有能夠守護妳的能力與武器，我的任務即是協助妳完成地獄取材之旅。至於劍技……茜，妳可能忘了吧，我以前曾是西洋劍館主之子呢。」

「聽月森哥這麼一說，我剛剛確實忘了呢……你的意思是，你將保護我完成這趟地獄行？」

宮成茜的腦袋還有些轉不過來。她不久前才抱怨沒有護花使者，如今竟出現最意外的人選。

「是的，我將追隨妳到地獄的每一個角落，直至最深處。」

月森輕輕地牽起宮成茜的手。

溫和的光芒將宮成茜眼前這張俊美的容顏照耀襯托得更為迷人。凝視著這張俊容，諦聽此人對自己吐出的誓言……宮成茜從未如此迷醉，她甚至希望時間和世界停滯在這一刻。

「茜，我們還是快點前進吧，這一帶近來都有殺人蜂出沒的跡象，並不安全。」

月森的聲音將宮成茜從沉醉中喚醒。

「近來……意思是以前沒有過嗎？」

宮成茜一邊邁開步伐往前走，一邊納悶地詢問與她並肩而行的月森。

「黑色殺人蜂過去鮮少在這一帶活動，近來不知為何，牠們巡邏的範圍開始擴大。」

「原來如此……」宮成茜點了點頭。「對了，我想前往地獄的下一層，月森哥知道路怎麼走嗎？」

假使月森知道，她就無須再去一趟候判所了。

「茜，掌管每一層連接通道的是管理者或地獄判官，一般人是無法知道路徑的。」

「看來還是得走一趟候判所啊……」

在月森的帶領下，前往候判所的一路上平靜異常，沒有宮成茜想像中會聽到許多淒厲的哭嚎，取而代之是令人斷腸的嘆息，如泣如訴地傳入腦海最深處。

宮成茜看到許許多多的男女老少。他們有的蜷縮在洞窟之中、樹根之下，有的則臥躺在樹蔭裡，不斷發出各種頻率的嘆息。

「月森哥，這些人看起來並不像受到懲罰，為何每一個都要死不活、像得了重度憂鬱症？」

宮成茜實在受不了這環繞四周的嘆息聲。

在她的認知裡，不斷嘆氣就是屈服於困境或難關。向來很有鬥志的宮成茜，是不允許自己沒事在那邊哀聲嘆氣的。

「茜，這些人在生前並未犯下多大的罪過，不過他們只活在感官欲望之中，因此在死後才被流放至此處，接受漫長時間的自我悔過。」月森解釋。

宮成茜眉頭微蹙，有些訝異就連這樣都要被判下地獄……又愛小鮮肉又愛猛男或帥大叔、整天過著聲色生活的自己，看來也還滿該下地獄的。

繼續往前走一小段，撥開遮蔽視線的樹葉後，宮成茜便見到一座偌大的城堡，招牌寫著「候判所」。城堡外有七重高牆，一條如銀河般絢麗漂亮的黑河奔流四周。根據月森的說法，黑河裡那一顆顆閃爍如星子的東西，是一些還未成形的靈魂。

在入口處可以看到不少亡魂在排隊等候，宮成茜便又問：「這裡的靈魂和那些在地獄之門等候的，有何不同？」

「啊，這裡的靈魂比較特殊，生前可能是著名的思想家、詩人、文學大師等，這類的人在地獄裡容易受到寬恕。晨星．路西法大人也曾口頭欽點要讓某些靈魂早點離開地獄重生，比如某位生前很愛拖稿、作品卻無比好看的漫畫家，路西法大人為了快點看到結局，就讓他重返人世。」

月森又說：「不過有個附帶條件，倘若那位漫畫家又以筆斷了無法畫圖、出外取材無限休刊之類的理由拖稿，路西法大人便會立刻將他打入地獄，接受最嚴酷的刑罰。」

「呃，我好像知道這位漫畫家……」宮成茜再次見識到地獄之主是多麼熱愛動漫畫……而且到了不擇手段的地步。

持著阿斯莫德給與的令牌進入候判所，宮成茜和月森立即收到接待人員──又是一隻黑貓──的通知，引領他倆前往管理者的辦公室。

走在接待員後頭的宮成茜，不停瞇著眼觀察走在前頭的黑貓。

那圓滾滾的屁股、賣萌的小耳朵、還有那短短的四隻腳，怎麼看都和替死鬼宅急便的接待喵小姐一模一樣啊！

「月森哥，可不可以幫我問問看前面那位接待，牠是不是有雙胞胎姐妹在替死鬼宅急便上班啊？」宮成茜湊到月森耳旁低聲問。

「茜，妳完全沒變，總是會在意一些奇怪的小地方呢。」

「哎，月森哥真囉嗦，你也跟以前一樣，最愛沒事吐槽我。還有你手上的保冷袋護腕也是，到現在這毛病都沒改啊？」宮成茜沒好氣地瞪了月森一眼。

「妳知道我很怕熱，隨身攜帶保冷袋是唯一能讓我降溫的方法。只是……真沒想到，我們都跟以前一樣，茜。」

月森的眼神遙望遠方，憂鬱的眼神多了一抹感嘆。

宮成茜察覺到對方眼神上的變化，也同樣思緒一沉。她一時都忘了……眼前的月森哥，再怎麼樣也不是那個發生意外前的月森哥了。

縱使此刻兩人近得彷若能聽清彼此的吐息，宮成茜和月森之間，依舊有著生與死的巨大藩籬。

「兩位貴賓，請入內吧喵。」

接待喵小姐2號（BY宮成茜）的聲音，將宮成茜從那略微深沉陰鬱的思緒大海中撈回。

月森推開面前沉甸甸的大門，宮成茜跟隨在後走入其中，映入眼簾的畫面，正是……

「我是候判所的所長，同時也是地獄第一圈的管理者，堪薩斯……噗。」

宮成茜傻眼了。

她很想握起拳頭狠狠痛扁面前的傢伙。不要這樣破壞她對地獄的形象好嗎！

「為什麼地獄第一層的管理者是頭豬?!」宮成茜抱頭發出了尖銳的咆哮。

「真、真失禮！怎麼可以這樣汙衊我？我可是有穿西裝的噗！」

站在落地窗前的辦公桌後，穿著一套過於合身、鈕釦幾乎爆開的西裝，五花肉……不，候判所長堪薩斯激動地駁斥。

「這跟穿不穿西裝沒有關係！還有句尾那個『噗』是怎麼回事？」抱頭咆哮的宮成茜持續激動中。

「那、那是因為，晨星．路西法大人認為我長得很像小丸子裡的豬太郎，便下令要我以後說話加上『噗』當語助詞……噗。」豬太郎……不，堪薩斯頗為慌張地回答宮成茜的問題。

「你們的地獄之主是多麼狂熱的動漫宅啊?!」

聽到堪薩斯答覆，宮成茜都快昏倒了。這樣的地獄之主真的沒問題嗎？

那個在許多作品中屢屢被描寫得高富帥、富有智慧、強大又有著深沉謀略的地獄魔王，現實中竟是如此崩壞?!她究竟該如何面對！

一旁靜靜觀看的月森心想：能把一介地獄管理者弄得如此難堪的奇人，大概也只有宮成茜了。

「咳，總之妳就是宮成茜吧？我收到破壞王大人的訊息，妳是來替我們地獄寫輕小說遊記的作家。妳應當是想前往地獄第二層吧噗？」

「既然你知道我們的來意，就直接替我們打開通往地獄第二層的通路，五花肉。」

「什麼五花肉！妳這女人太失禮了噗！」堪薩斯氣得滿臉通紅，全身的肉抖動不休。

斯。

「你長得確實跟我常吃的五花肉很像啊。」宮成茜一副很認真的神情回應堪薩斯。

「聽著，妳這無禮之人！事情可不是妳想的如此簡單，破壞王大人交代過，在妳寫出地獄第一層的故事前，不會讓妳通過的噗！」

堪薩斯又說：「除此之外，要不要讓妳通過也是我這候判所長的權力，妳必須幫我解決一件事才能前行噗！」

「這麼麻煩……寫小說沒問題，我專業的。至於你說要幫你解決一件事，究竟是什麼？而且你確定我真能解決嗎？」宮成茜沒好氣地眉頭一挑，用懷疑的口吻反問對方。

「正因為那件事至今為止無人解決，我動用了許多人力都無功而返……妳是個特別的存在，只好死馬當活馬醫，碰碰運氣了噗。」

「好吧，那你說說看是什麼事？」

堪薩斯往旁邊退了一步，並拉開身後的窗簾，「候判所外環處的黑河一帶，本來是用來懲罰那些生前無立場、性格搖擺不定的罪人。我們用黃蜂螫臉、腳底長蛆等方式進行懲處，噗。」

堪薩斯接著說：「由於最近地球暖化效應越來越嚴重，連帶影響地獄生態，黃蜂越來越少，根本不夠螫人了。最近甚至出現謎樣的黃蜂集體死亡……我派出去調查此事之人不是傷重不治，就是至今仍在加護病房還未清醒。我本想拜託破壞王大人前來協助，但他實在太過忙碌……他便提議將這件事交由妳處理噗。」

「居然連地獄也受到地球暖化影響，這真是不可思議……啊，那個阿斯莫德根本只是懶得蹚渾水，或者只是去把妹沒空吧？真麻煩，竟然將這種事丟給我。」

自己來地獄這趟不是只負責寫作嗎？怎麼連這種重擔都丟給她處理？

該死的阿斯莫德，她要調高稿費才行！

「五花肉，只要把這件事情解決就可以了吧？現在就帶我們去看看如何。」

「不是五花肉！是堪薩斯！現在還不能帶你們去看噗！」堪薩斯氣得兩頰的肉顫動不止，看著宮成茜的眼神彷彿都冒著火。

「何時才能帶我們去現場查看？總要看過實際情況才能思索如何解決呀。」

宮成茜聳了聳肩，對於堪薩斯的憤怒一點也不放在眼裡，反倒是在旁的月森不斷勸她別再激怒堪薩斯了。

「我今日行程已滿，等等還要出外辦公，你們先在候判所二樓的房間住下，明天早上再去現場，估計這起事件沒那麼快解決噗。」堪薩斯提起公事包就往門口的方向走。

「等等，你沒跟我們說是哪兩間房啊？」

「什麼兩間？妳當這裡是五星級飯店？只有一間空房能讓你們住噗。」

堪薩斯此話一出，宮成茜愣住。

——這是要讓她跟月森哥同居的意思嗎？

令人意外的發展讓宮成茜還未回過神，踏出辦公室前的堪薩斯像是突然想到什麼，停下腳步回過頭對宮成茜道：

「……入夜後，小心妳身旁那個男性亡魂。」

堪薩斯語氣嚴肅，連語助詞都未使用。

宮成茜回過神來正想追問，堪薩斯已旋身離開。留下的……只剩在她身旁神情異樣的月森。

第三章

浴室裡的曖昧泡沫

Tuning Demon Project

與月森哥同住一間房，是宮成茜墮入地獄前完全沒想過的事。

房間內麻雀雖小五臟俱全，基本該有的設備都有，還有一間浴室。看著打開門隨即映入眼簾的雙人床，宮成茜不禁嚥嚥口水，她絕對不會承認……方才有那麼一瞬間，腦中跑過無數綺麗緋色的幻想！

宮成茜偷偷觀察月森的反應。

這名冰山貴公子的表情一如既往，毫無任何變化。

她不禁有些失望。難道和她共度一宿，完全不會激起月森哥內心的漣漪？她算什麼？空氣嗎！

宮成茜開始懷疑自己是否如此沒魅力之際，月森突然叫住她：

「茜，妳休息一下，我先去沖個澡。」

方才還在心底不斷抱怨的宮成茜回過神來，愣愣地點頭回應月森。就見對方走進浴室、關上門扉，身影消失在這扇象牙白的門板之後。

「呼……我對月森哥到底抱持什麼樣的感覺啊……」

癱坐在床上的宮成茜思考著她與月森之間的關係。

她對月森的感情，究竟是崇拜、憧憬，還是……喜歡？

向來不喜歡拖泥帶水，快快弄清自己的感受，才不會一直困擾著彼此。

宮成茜開始一一細數自己對於月森的感覺。

看到月森的當下，她真是又驚又喜。月森的臉龐在過去好幾年間不時出現於她夢中、腦海中，無論是醒是睡都頻頻出現。宮成茜一度以為曾經自己著了魔、中了邪，否則怎麼會對一個離世許久的人如此魂牽夢縈？

宮成茜對月森最初的印象，是一名住在她家隔壁的有錢人家少爺……直到真正認識了月森哥後才曉得，實際上他是以私生子的身分被迎回本家。而他出身低下的母親與妹妹則在外頭賣麵相依為命，月森哥一直關注她們，以不同方式送錢或介紹客人前去光顧，盡可能地照應她們。

她曾問過月森哥，母親和妹妹知道他所做的這些事嗎？

月森哥當時搖了搖頭，沒有再提……宮成茜便明白，她所認識的這個男人是如此溫柔。

月森哥過去因為出身總是鬱鬱寡歡。宮成茜曾與月森就讀同一學區的高中，他是比她大一屆的學長。在別人眼中，他們就像是青梅竹馬，一起長大也一起上下學。不管是課業或運動，月森哥的表現皆非常亮眼，加上長相俊俏，自然是學校裡的風雲人物，不過本人對此一點也不在意。

月森哥對凡事都興趣缺缺。根據宮成茜側面的瞭解，生活中的一切對他而言都沒有挑戰感或成就感，因而鮮少看到他大喜或大悲……

唯獨一件事，讓宮成茜因此看過月森的怒與笑。

——即是，她的存在。

宮成茜第一次看到月森哥露出笑容，是她投稿小說成功、跑去找月森告知此事時。月森哥初次在她面前展露高興的微笑，甚至寵溺地摸了摸她的頭：

「茜，我就知道妳做得到。」

第一次見到月森哥的憤怒，則是因為宮成茜遭到同學的霸凌，月森第一個趕來救她並為此與對方打上一架。

當時的月森隨手撿起一根木棍，以西洋劍術的方式打退其他人……對，正是在那個時候，她知道月森哥擁有很厲害的劍術。只是與月森離別太久，導致她一時忘了。

即使到現在，宮成茜回憶起當年時，嘴角還是不禁微微上揚，彷彿有一股暖流經過自己的心胸。她突然明白，自己的確是喜歡月森哥的，但是不是愛……她還不敢妄下斷言。

此時，月森的聲音從浴室內傳出：「茜，可以幫我找一下外面是否有沐浴乳嗎？」

「沒問題，等我一下喔！」

宮成茜四處尋找，很快就在櫃子裡找到一瓶沐浴乳，上頭寫著「冥河蜂王乳成分添加沐浴乳」，瓶裝上頭的代言人則是「郭雪蝠」——一隻嫵媚的白色蝙蝠。

地獄還真是跟得上人世的潮流啊……宮成茜在心裡翻了無數個白眼。

「月森哥，我找到沐浴乳了！」

「可以麻煩妳將沐浴乳拿進來給我嗎？」

宮成茜一愣，沒有馬上回應，腦海一片空白。

月森又催促：「茜？有聽到我說的話嗎？」

「有、有！有聽到！我這就拿進去給你！」

宮成茜只得硬著頭皮、心跳加速地往浴室走去，緩緩推開傳來水聲的門扉……

推門而入，首先是進入視線的是一面鏡子。被蒸氣暈染得霧茫茫的鏡中，隱隱約約映出一道赤裸的身影。溫熱的空氣中飄散著水氣，以及水流不斷沖刷的聲響。

宮成茜只覺得自己的心跳聲大過一切。

她呼吸急促地轉身，就見到全身赤裸、背對自己的月森，正拿著蓮蓬頭從頭頂沖洗而下，背部的肌肉曲線和結實的臀部全都一覽無遺。

月森閉上雙眼，讓水流經自己如雕像般俊美無瑕的臉龐，纖長睫毛沾滿水珠。

「月森哥，這瓶沐浴乳給你……」

掉。

「謝謝妳，茜。」

月森伸出手要接過沐浴乳之際，宮成茜因為看得入神，竟一時手滑將沐浴乳弄掉。

她慌慌張張地想撿起來，卻反因地板濕滑而跌了一跤！

「茜！」

月森見狀驚呼一聲，趕緊反過身來將宮成茜抱住、不讓她跌在地上。當宮成茜回過神來時，已被抱在月森的懷中，蓮蓬頭的水正不停落在兩人的頭上。

宮成茜也沒發現一身衣服漸漸濕透，就這麼愣愣地與月森互相凝視，彷彿世界安靜得只剩下彼此與水聲。

月森突然用低啞的聲音吐出一句：

「……好香。」

「誒?月森哥你說什麼?」

宮成茜完全不懂，突如其來的這句話到底是什麼意思。

月森眼神一暗，這讓宮成茜更覺得不對勁。

這時候月森又低低地道：「茜……妳真的好香。」

宮成茜還是不明白，心底浮上一種難以言喻的不祥感。

下一秒，月森突然收緊雙手緊緊地抱住她，宮成茜心頭一悸，拿在手裡的沐浴乳二度落地。

月森將頭埋在她的頸間，宮成茜感覺得到對方似乎正嗅聞著自己身上的味道。

月森低吟：「茜……妳香得讓我快不知所措……」

此時，宮成茜感覺到月森緊抱自己的一手竟緩緩探進她上衣之內，掌心觸及她赤裸的後背。

宮成茜倒抽一口氣，不僅僅是因為月森侵略性的舉動，也因為月森那比想像中還冰冷的掌心溫度。雖然沖著熱水，手掌卻仍舊冷涼，宮成茜心想應當是因為月森身為亡魂的緣故。

宮成茜對於月森這突如其來的舉動，一時間不知該作何處置……但她卻意外地未感到排斥。

月森伸進她上衣內的手漸漸往上探，他的鼻尖也從肩膀處慢慢轉移到宮成茜敞開的領口、埋進鎖骨之中。接著，月森直接用牙齒咬開宮成茜衣領的第一顆鈕釦。

白色的鈕釦在潮濕的地板上用力地反彈一下才停止不動，就好比宮成茜那動搖的內心。

宮成茜不禁在心底直呼——這麼性感根本是犯規！

「月、月森哥……這樣不行……！」

宮成茜試圖推開月森，可對方的力氣比想像中還大。

月森將頭繼續往下探，來到宮成茜的胸口……同時攬住宮成茜腰部的手也更加使勁抱緊。

月森略冷的柔軟雙唇試探性地貼上她的胸前，接著稍稍拉開距離後，輕輕朝那柔嫩的肌膚吹氣。

宮成茜不由身體一顫、雙腿發軟。

「啊……」一陣無力的呻吟忍不住吐瀉而出。

儘管水聲喧鬧，宮成茜仍能聽到月森頻頻輕聲呼喚她的名字：「茜……茜……」

「月、月森哥……」

感覺自己越來越不對勁，加上被熱水不斷沖洗，宮成茜的體溫越升越高，思緒灼熱渾沌。

這下該不會真要直奔本壘吧?!

雖、雖然她的外表看起來強勢得像是百人斬，開口閉口直呼小鮮肉、猛男、帥大叔等等……但實際上，宮成茜在這方面的經驗幾乎沒有！

她沒上過夜店！

她甚至沒真正地跟任何男人要過臉書或 line 呀！

思及於此，宮成茜抓緊最後的理智，慌張地對月森道：「月、月森哥，你突然這樣是幹嘛?不是要我拿沐浴乳給你嗎?」

「比起沐浴乳，妳更加芬芳……茜……」

這種話如果是由別人說出口，她一定會覺得有夠噁心，但是現在說出這句話的可是月森哥啊！

她一直喜歡著的對象！

月森終於抬起頭來，濕潤的睫毛輕輕搧動，眼神迷濛卻殺傷力十足地凝望著宮成茜，就算是理智強大如宮成茜，也快要招架不住。

月森舉起一隻手，輕輕地撫著宮成茜的秀髮，將落在頸間的青絲一一收到腦後。

宮成茜心臟狂跳，任由月森動作。

「茜……」月森再次溫柔又充滿魅惑地喚著宮成茜的名字。

月森一手撫著宮成茜的左臉頰，兩人直勾勾地注視著彼此。周遭氤氳的水蒸熱氣也彷彿具有催情效果，讓兩人心中的情欲緩緩隨著熱氣蒸騰。

如本能般，宮成茜不禁緩緩湊近眼前的月森，兩人雙唇間的距離越拉越近……

就在宮成茜閉上雙眼，雙方的距離即將化零之際，月森卻一把推開了她！

「……月森哥？」宮成茜愣愣地看著月森。

推開宮成茜後，月森將兩手按在她肩膀上，垂著頭讓蓮蓬頭的水柱盡情地沖刷。

他在水流中壓低嗓音道：「抱歉……茜。」

「月森哥，你為何要跟我道歉？」

就算事態的發展多少有些唐突……但宮成茜曉得，其實自己也縱容他這麼做，月森沒必要道歉。

「妳還記得……堪薩斯所長在離開前對妳說了什麼嗎？」

「你說那頭五花肉？呃，我對於食材說過的話不太有印象……」

月森嘴角莞爾一笑，但笑容稍縱即逝：「所長警告妳，『入夜後，小心妳身旁那個男性亡魂。』」

宮成茜一愣，這才想起堪薩斯確實說過這樣的話。此刻正是入夜時分！

月森露出苦澀的笑容，彷彿對著神父懺悔般，毫不保留地直說：

「就在方才，我確實因為快控制不了自己，想把妳吃乾抹淨。」

已沐浴更衣完畢的月森站在梳妝鏡前吹著頭髮，宮成茜坐在床旁，明顯拉開距離。兩人之間的氣方沉默尷尬，只有吹風機嗡嗡嗡的聲響迴盪充斥。

過了一會，宮成茜忍不住開口詢問：「月森哥……你說快控制不了自己，是怎麼回事？」

月森停下手邊吹頭髮的動作。吹風機一關掉，房間內頓時安靜得有些凝重。

「茜，妳知道自己在地獄裡是多特別的存在嗎？」

宮成茜思考了一下，不是很確定地回：「嗯……我是唯一的活人？」

月森點了點頭，「沒錯，地獄是亡魂與地獄原生物種的世界。在妳到來之前，從未有活人遊蕩地獄之中。茜，妳還記得我方才在浴室裡對妳說過的其他話嗎？」

宮成茜又想了一下，愣愣鈍鈍地回：「在浴室裡說過的話……難道是指……我很香這件事？」

月森再次點頭，「正是。實際上，不只是在方才，打從我與妳重逢的那一刻起就這麼覺得了。」

宮成茜還是一頭霧水：「難道是我身上的香水？」

月森鄭重地搖了搖頭：「不是香水，而是妳本身散發出來的香氣。茜，活人的味道對我們這些亡魂而言……是非常誘人的。」

宮成茜猛然倒抽口氣，馬上反應過來：「你的意思是，我身處在這個地獄裡，就像唐三藏跑去西天取經時一樣，常常要被各種妖怪抓去吃嗎?!」

「雖然不是很能理解為何妳會想到這種比喻，但差不多是這個意思。」

「難道吃了我就能增強一甲子功力或長生不老?不對啊，地獄裡的人早都死了!」宮成茜立刻腦補無數驚人的幻想，神情一片驚愕訝然。

「我想妳誤會了，茜。所謂的想把妳吃抹乾淨，並不是真的將妳吃下肚，而是……」月森深吸一口氣，「地獄裡所有男性亡魂……都想徹底征服妳的身體，並占為己有呀。」

宮成茜詫異地睜大雙眼。即使月森說得很委婉，但宮成茜當然曉得意思為何！

她終於也了解，為何在替死鬼宅急便公司時，帥哥宅配員會對她如此不合理地獻殷勤……

宮成茜這下明白，這一趟不只是單純的地獄行，更迎來她人生中最顛峰的桃花期！

不顧月森就在自己面前，宮成茜忍不住爆發了：

「為啥老娘的桃花都開在地獄裡啊！」

第四章

地獄的初夜第一個夜晚

Tuning Demon Project

這一夜注定無眠。

不過本來宮成茜也沒指望能在地獄安逸酣睡。

打從了解自己身為唯一活人的嚴重影響力後，宮成茜整夜難以心安入睡。月森哥為防止浴室事件重演，堅持一定要睡在地板上。

獨占整張床鋪的宮成茜過意不去，便問：「月森哥，不然我們輪流睡？」

「不用。我只是個亡魂，睡眠品質好壞與否，對我來說不重要。」

月森堅持如此，說得也頗有道理，宮成茜只得接受。

兩人雖在身處同一空間，心靈之間的距離卻再度拉遠。她感受得到，月森為了不冒犯到她，獨自壓抑著自己對他的強烈誘惑。

深夜時分，當宮成茜好不容易快睡著時，忽然有道聲音出現在她耳旁：

「嘿，宮成茜。」

她趕緊從床上坐起身，赫然看見不知何時出現在床旁的阿斯莫德！

宮成茜訝異地張開嘴，卻見阿斯莫德將食指抵在唇前要她別出聲，示意她到房間外頭。

儘管不怎麼喜歡被人指使，宮成茜仍舊小心翼翼地起身，盡量不吵醒月森。一到外頭，宮成茜馬上質問阿斯莫德：「你這個風流鬼怎麼會出現在這裡？難不成是來夜襲？」

「什麼夜襲？真沒禮貌，我的眼光可沒這麼差。」

冷眼回應宮成茜的質問後，阿斯莫德又道：「對妳的月森哥講話就這麼溫柔，為何對我這個高高在上的破壞王就如此粗暴呢？」

宮成茜翻了個白眼，沒好氣地回：「少囉嗦，等你把羊角收回去後，或許能勉強稍稍稍稍接近月森哥一點點，而且只有一點點哦！」

「噢，真沒想到這種話語居然會在我的人生中出現！」阿斯莫德一臉受傷，手勢動作相當誇張，像在演歌劇般戲劇性十足。

「少自導自演了好嗎？快說，我很忙，不要耽擱我的時間！」

經過宮成茜單刀直入的「提醒」後，阿斯莫德這才切入重點，說出此趟前來的目的：

「我是以責編的身分前來。宮成茜，妳該將今日的進度交給我了。」

「今、今日進度？」

顯然，某人已將此事忘得一乾二淨。

「宮小姐，妳還真是忘得徹底啊。」

阿斯莫德嘆了一口氣，戴著黑色皮手套的右手，推了推掛在右眼上的單邊眼鏡。

「雖然今日是妳來到地獄的第一天，但妳應該也經歷了不少事情。例如差點和宅急便男員工上床啦、欺負接待貓小姐啦、以及看到堪薩斯所長時的反應……這些都可以當成小說素材。妳說是不是呢，大作家？」

阿斯莫德邪邪一笑。這抹笑出現在別人臉上會顯得很欠打，偏偏在他臉上就覺得十分適當，甚至帶點優雅。

不過，這優雅俊美的笑容對宮成茜無效，她做出噁心的表情，倒退一步驚呼：

「真噁心，你該不會二十四小時偷窺我吧？你這個惡魔痴漢！」

「喂喂，什麼惡魔痴漢？我好歹是地獄四天王之一！咳，總之我現在是妳的責編，今天妳要是交不出稿子，我可以看在第一天開工的分上暫且通融。但是，往後本王只要有空就會來找妳要稿，最好做足心理準備。」

阿斯莫德先是震驚自己竟被女人冠上如此難聽的稱號。上達天堂、下至地獄，他橫行數千年從未有人這樣說他！

千年英名就敗在這名叫宮成茜的女人手上……

越想越受挫的阿斯莫德仍振作起來談論正事，唯有轉移注意力才能消減他心頭之怨。

肇事者宮成茜不耐煩地回：「我知道了啦，反正如果不寫完地獄輕小說，你們就不會放我回人世對吧？」

阿斯莫德點點頭，重新奉上他向來引以為傲的優雅微笑，並道：「正是如此。好了，既然今晚要不到稿子，我要去繼續擄獲其他少女的芳心……別怨我沒對妳展開攻勢呀，宮成茜，我是妳的責編，辦公室戀情可是有違我的原則的。」

「咦？你確定是辦公室戀情，不是倩女幽魂系列？」

不知為何，每當對上阿斯莫德，宮成茜總想狠狠地吐槽這傢伙。她認真懷疑，「破壞王」一稱應該是源於任何和他交談之人的理智都會被摧毀吧？

「若沒有其他事，我就要回去睡覺了。」

宮成茜正要轉身之際，阿斯莫德忽然挑起她的下巴，毫無預警地湊到她耳旁低聲道：

「吾主晨星．路西法大人配給妳的護衛很不錯吧？」

宮成茜一聽，當下瞳孔微微收縮，正想追問清楚，阿斯莫德便再度使出空間魔法，瞬間消失在她眼中。

空氣中傳來阿斯莫德的聲音：「宮成茜，往後妳的隨扈還會繼續增加，好好期待一下吧。」

隔天一早，宮成茜就被外頭吵雜的渡鴉叫聲吵醒。月森向她解釋在地獄裡沒有象徵太陽屬性的公雞。

「取而代之的，就是在人世間象徵死亡與不祥的渡鴉嗎……人間與地獄真是完全不同的風俗民情啊。」宮成茜以死魚般的眼神回應，同時把這項特色牢記腦中。

來到地獄的第二天，她沒理由再搞不清楚狀況而拖稿了。

「唉，為了靈感來賣命。」

「茜，妳在嘀咕什麼呢？」月森不禁眉頭微蹙地詢問。

「不，什麼都沒有。啊，月森哥，你的保冷袋好像不夠冷了哦，出發前要不要補充一下新的冰塊呢。」

「哦，聽妳這麼一說好像真的該補充了，多謝妳，不然我今日就會熱死了。」

成功被轉移注意力的月森，認真地低頭看了一下手腕上的保冷袋護腕。

「我說月森哥，你應該不用擔心會被熱死這回事吧……」

平常的月森哥幾乎十項全能……為何每次扯到保冷袋有關的事，智商就會瞬間降低呢？

大概是因為人不能十全十美毫無缺點吧——宮成茜只能這麼想了。

話說回來，她的靈感被封印在地獄的最深處，究竟該如何撰寫出地獄遊記輕小說？

算了，先別管這麼多。雖然沒靈感，基本的文章她宮成茜還是寫得出來，反正責編是阿斯莫德……應該沒什麼品味才對。

下了樓，來到堪薩斯的辦公室前，灰貓外型的女祕書通報後，宮成茜和月森推門而入。

「兩位還真是準時……看來昨晚沒發生什麼事噗？」

坐在辦公椅上的堪薩斯，用曖昧的眼神投向宮成茜，本就細小的眼睛瞇成兩條縫。

「五花肉，你再用那種口氣和眼神，我就告你性騷擾哦！」宮成茜也不是省油的燈。

「真是可怕的女人啊……好吧，現在我們該去現場一看了噗。」堪薩斯從椅子上站起身。

宮成茜發現，這頭豬……不，候判所所長起身的瞬間好像有些卡住呀。

在堪薩斯的引領下，宮成茜和月森來到候判所的後花園。

地獄的早晨陽光並不強烈，光芒甚至有些偏綠，和人間很不相同。

候判所的後花園廣大得過分，彷彿無邊無際。許多穿著白色囚衣的亡魂在此徘徊。宮成茜發現他們身邊飛繞著不少黃蜂，赤裸的雙腳則布滿攀爬的蛆蟲……看到這個畫面，她覺得快將胃酸吐出來了。

「五花肉，你究竟要給我們看什麼？」宮成茜眉頭深鎖。光聽到黃蜂嗡嗡嗡繞耳不停的聲音，就足以讓她的情緒越來越暴躁。

「是堪薩斯所長，不是五花肉，妳這失禮的女人究竟何時才會叫對稱呼噗？」堪薩斯沒好氣地瞪向宮成茜。

不過看著那對小小的瞇瞇眼，他就算再怎麼生氣，對宮成茜而言一點殺傷力也沒有。

「所長，您別跟茜計較了，可以跟我們說說原因嗎？」月森出來緩頰，否則再讓宮成茜回嘴下去，要搞清楚理由就得耗上相當多無謂的時間了。

「哼，還是月森你比較懂事啊噗。我帶你們來這裡的原因，現在你們應該都看到了——注意到那些繞著亡魂打轉的黃蜂，以及爬在他們腳上的蛆了嗎？」

「注意到了，所以呢？我說五花肉你可不可省下賣關子的工夫啊？」

如果他是小鮮肉或帥大叔，她或許還可以笑著聽他鬼扯。但真抱歉，他就是個餐桌上的食材，宮成茜怎麼有耐心！

「妳……！算了，之前跟你們說過了吧，在候判所的後花園裡，這群罪人們被判處的罪罰便是遭受黃蜂螫臉、蛆爬滿腳掌。近來由於地球暖化的緣故，我們地獄裡生產的黃蜂和蛆也漸漸減少了噗。」

為了不讓宮成茜有回嘴的機會，堪薩斯沒有多喘口氣的餘地便繼續說：「整個地球暖化造成大環境的變遷，這本就不是我這個小小的候判所長所能改變之事……

然而，在最近短短一個月內，黃蜂大量減少噗！」

「只有黃蜂減少？蛆呢？」宮成茜提問。

堪薩斯點了點頭：「不錯，看來妳這女人的腦袋還不差，馬上就注意到癥結所在了噗。確實只有黃蜂大量減少，蛆則維持差不多的數量噗。」

宮成茜萬萬沒想到，現在連地獄也受到全球暖化的影響……再這樣下去，人類該不會以後連地獄都沒得去了吧？

「茜，針對眼前這個問題妳有何想法嗎？」月森轉頭問向雙手抱胸、一臉不耐煩的宮成茜。

「我怎麼會有辦法呢？那個阿斯莫德居然將這種燙手山芋丟給我！我來到地獄才第二天，怎麼會了解這邊的情況?!」

「茜，冷靜，如果妳不介意的話，我可以借妳保冷袋降火氣。」

「很、介、意。」宮成茜二話不說拒絕了保冷袋王子的好意。

「你們兩個別再打情罵俏了好嗎噗？」堪薩斯冷冷的聲音將宮成茜與月森的注

意力拉回。

「總之，這件事情就交給你們處理，我還要回去繼續判決那些亡魂的去向，先離開了噗。」

堪薩斯把話丟下，轉身便往候判所城堡方向走去，似乎一點也不關心宮成茜和月森接下來該如何處置眼前問題。

眼看堪薩斯就這麼拍拍屁股走了，宮成茜望著前方這群徘徊於後花園中的亡魂，毫無頭緒。

「月森哥，你有想法嗎？」

「茜，我們先去視察後花園的情況吧，或許能查到黃蜂大量驟減的原因。」

「也好，反正別無選擇了。」

兩人於後花園展開地毯式搜索。

搜尋了半天，宮成茜和月森依然未見與黃蜂大量死亡有關的線索。

宮成茜本就不是精力旺盛的類型，雙腿走得都痠了。她捶捶雙腿，對月森道：

「月森哥，不然我們先回去吧，我看今天是找不出所以然了。」

「茜，妳還真是缺乏運動。如果腿痠，我可以借妳保冷袋冰敷……」

「這種時候需要的是熱敷吧！」宮成茜翻了個白眼，心底嘀咕她本來就是靠筆桿子維生的作家，天天宅在電腦前打字趕稿，當然會體力不足啊！

「那我們就先回去吧。」月森聽宮成茜的話。

兩人走回候判所城堡。月森帶著宮成茜行經一條捷徑時，突然警戒地停下腳步，將她一把拉到樹叢之後。

「喂，月森哥你想幹嘛？我可不接受打野戰……！」

宮成茜的話還未說完，月森即以食指抵住她的雙唇，示意她安靜。

「茜，妳仔細聽。」

宮成茜困惑地皺緊眉頭諦聽……當她聽到那似曾相識的駭人聲響後，不禁倒抽一口氣。

——是殺人蜂！

「殺人蜂怎麼會出現在候判所的花園裡？」宮成茜壓低音量詢問。

「後花園裡的確不該出現……小心，牠好像察覺我們在這裡了！茜，若有必要的話，妳也必須作好戰鬥應對準備！」

月森拔出了隨身攜帶、散發冰寒之氣的西洋劍「冰河彼岸」。

「我知道了，只是這隻該死的殺人蜂究竟是怎麼發現我們……」

宮成茜取出「破壞Ｆ４紅外線」的同時，身形驚人的殺人蜂陰影已經籠罩住他們！

「退後，我不許你傷害茜！」

月森話音一落，手中的西洋劍出擊，「劍式．凍氣冰霜！」

冷冽的冰寒之氣從細細劍身中發出，在空中集結成半透明的結晶，瞬間如子彈般朝殺人蜂連連發射！

擁有飛行優勢的殺人蜂敏捷地全數躲開，一點也不受龐然身軀所制。

宮成茜咬牙。在一旁發呆等人救援，那可不是她的作風！

「破壞F4紅外線，死光執行！貫穿那隻殺人蜂吧！」

宮成茜揮動手中變長的法杖，奪目的紅色激光一束束朝目標攻去。一旁的月森也不放過機會，頻頻發動攻勢與宮成茜夾擊殺人蜂，果然見效——殺人蜂一個閃避不及，被兩人聯手擊中落下！

「太好了！」

宮成茜握拳叫好，只是話聲未落，後頭卻傳來兩隻、三隻……不，甚至更多殺人蜂集結在一塊的巨大嗡鳴聲！

「糟了，原來牠有同伴……茜，我們沒辦法一次對付這麼多隻！」月森拉起宮成茜的手，神色緊張地道。

「那麼，現在只剩一招可以用了——」

宮成茜向月森點了點頭後，快快地邁開步伐並大喊：

「便是三十六計走為上策啦！」

好不容易九死一生地逃出，回到候判所樓上房間的宮成茜與月森，一直在思考著兩件事：

為何殺人蜂會出現在本不該出現的後花園？

又為何宮成茜三番兩次都「恰好」遇到殺人蜂？

兩人沉思了一會後，各自推敲出了結論。

月森首先發言：「如此頻繁地遇上殺人蜂絕非湊巧。茜，我想應該與妳身為活人有關。或許不只是人類亡魂，妳對地獄裡某些掠食性原生物種來說，也是很有吸引力的存在。不過，應該是想食用的那種吸引力。」

「那我不就真成了地獄裡的唐三藏嗎……算了，殺人蜂為何會出現在後花園裡，我有結論了。」

宮成茜深吸一口氣後便答：「殺人蜂便是造成黃蜂大量死亡的主因！」

她向月森說明了自己的想法。殺人蜂體型龐大，天性殘暴且極具攻擊性，時常掠食較弱小的蜂群。

「茜，妳說得有道理，但只憑我們兩人無法消滅那一窩殺人蜂呀。」

「沒錯，單靠我們確實無法勝任……但是你放心，我已經想到好主意了。」

宮成茜嘴角挑起一笑。雖然這是一步險棋，她管不了那麼多。何況，優柔寡斷也非她宮成茜的原則。

「妳想到法子了？」月森訝異地詢問。

「沒錯，最快就在今晚執行。」

宮成茜信誓旦旦地回應月森，狡詐的目光投向桌上那一疊稿紙。

第五章

月黑風高殺人蜂

Tuning Demon Project

來到地獄的第二晚。

地獄的夜色比起人間並無相差太多，只是少了光害與喧囂，對此時此刻的宮成茜而言更能專注地投入寫作。

她在書桌前開著檯燈認真地寫稿，月森替保冷袋換了冰塊後便先行就寢。今晚在月森的堅持下，他仍讓出空床跑去睡地板。宮成茜不禁莞爾一笑，月森哥就是這點讓人覺得可愛。

宮成茜頻頻抬頭看著桌上的小鬧鐘。這麼晚了，那傢伙怎麼還沒出現？等得有些不耐煩時，耳旁忽地襲來一陣暖風，她頓時起了一身雞皮疙瘩。轉頭一看，阿斯莫德再次毫無預警地現身，朝她頸後吹氣戲弄。

「你這無聊的色魔，非得要用這種方式登場嗎？」宮成茜沒好氣地怒瞪阿斯莫德。

「別這麼生氣呀。色魔不敢當，地獄裡這方面比我更壞的傢伙多得是。」阿斯莫德推了推掛在他臉上的單邊眼鏡，從容不迫地回應。

「唔，居然沒有辦法回嘴……」第一次被阿斯莫德說得啞口無言的宮成茜，只得默默地吞下這股哀怨。

「宮成茜，稿子進度如何？今夜我可不會像昨天那樣簡單地放過妳哦。」沒給宮成茜回答的餘地，阿斯莫德又道：「我可是放棄與美麗高雅的女子共度一宿的機會，特地前來詢問進度……可別讓我白跑一趟呀。」

宮成茜起身，將稿子拿到阿斯莫德面前，「這裡是我今日的進度。」

「哦，挺直率的嘛，我看看……」

當阿斯莫德要將稿子取走之際，宮成茜卻突然抽回手將稿子收回。

「宮成茜，妳這是在做什麼？」阿斯莫德微瞇起雙眼，質疑地看著抽走稿件的宮成茜。

「啊，我想起來了，這些不是完整進度呀……我好像有幾頁的稿子落在其他地方了。」宮成茜歪著頭故作苦惱。

「落在其他地方？宮成茜呀宮成茜，妳到底在玩什麼把戲。」阿斯莫德狐疑地皺起眉頭。

宮成茜拿著稿子對阿斯莫德說：「總之，你若想拿到稿子，就陪我去把不小心丟失的那部分找回來吧！」

阿斯莫德雙手抱胸，表情放鬆，掛上一抹優雅微笑道：「好，我就看妳在玩什麼把戲。其實我並不討厭喜歡耍小聰明的女人。」

「我可不會因為你這麼說就上當唷，阿斯莫德。」宮成茜也回了一抹自信裡略帶狡詐的笑。

出門前她快快叫醒睡在一旁的月森：「快起來，月森哥，好戲要開始了。」

在宮成茜的帶領下，三人在黑夜中往候判所的後花園前進。

跟在宮成茜後頭的阿斯莫德轉頭查看四周的景象，納悶地道：「妳怎麼可能把稿子遺落在這裡？一點也不像是宮成茜會做出的事。」

宮成茜也相當直接地回應：「沒錯，的確不可能，我好歹是名專業的輕小說作家。」

阿斯莫德立即追問：「那妳帶我來這裡的意圖究竟為何？」

宮成茜嘴角挑起一抹富含深意的笑，「阿斯莫德，我曾經寫過一部輕小說《惡魔少女的逆襲》。你知道，身為惡魔的女高中生，如何解決她獨自一人難以做到的事嗎？」

「難道是……！」阿斯莫德倒抽一口氣，有道不好的念頭強烈而鮮明地閃過腦海。

宮成茜從容不迫地道：「故事中的女高中生，以自己作為誘餌召來怪獸並讓人類陷入危機。實際上，她其實只是想讓一票天使為她衝鋒陷陣，解決那頭怪獸罷了。怎麼樣，這招夠高明吧？」

聽完宮成茜的話，阿斯莫德愣了好一會，接著發出了毫不掩飾欣賞之意的愉悅笑聲。

「笑什麼？」宮成茜眉頭微蹙。

「呵呵……我很驚喜，宮成茜。」

阿斯莫德停下腳步，朝宮成茜綻放出一抹足以讓所有地獄女性幽魂不願升天的笑容。

「妳總是能出乎我的意料，比惡魔更像是惡魔呀，居然想到要利用我去達成妳的目的……確實高招。」

「能被一名資深惡魔這般稱讚，我確實是該入地獄了。總之，既然你都來了，就幫我們這個忙吧。」宮成茜聳聳肩一笑。

她站到月森的身旁，一手架在對方寬廣厚實的肩膀上。

「破壞王大人，請幫我們消滅那群殺人蜂吧！」月森接過宮成茜的話頭，對阿斯莫德道出此行的目標。

這兩人一搭一唱的畫面全都進入阿斯莫德眼中。

阿斯莫德依然嘴角微揚。這年頭地獄裡的奇葩越來越多，但對他而言，宮成茜仍是他看過的這麼多女人中最有趣、也是唯一敢挑戰他的女性存在。

「我阿斯莫德也非心胸狹隘之人……既然如此，這次就幫你們這個忙。」阿斯莫德說著亮出武器——一把華麗而霸氣的長槍。

「龍之逆鱗。記住它的名字，這就讓你們這些凡人俗子見識本王的層次與你們之間有多大差距。」

名為「龍之逆鱗」的長槍，槍身上刻有火焰與龍紋，據說唯有駕御得了龍的人才有辦法拿起。

同一時刻，前方傳來一陣讓宮成茜與月森無比熟悉的駭然聲響——黑色殺人蜂群的振翅聲！

「來了！」

縱使有阿斯莫德在，宮成茜也沒打算袖手旁觀，她立即取出「破壞F4紅外線」，本來只有迷你手電筒大小的法杖瞬間變成枴杖長度。

「冰河彼岸。」月森也拿出那把無時無刻不散發寒氣的銀色西洋劍，銀冷的劍光凜凜。

「哈，這些地獄殺人蜂也是為了宮成茜身上的香味而來嗎？那可不行，這女人可是我的作家，不能讓你們碰她一根寒毛。」

阿斯莫德伸直手中的長槍，高喊一聲：「出來吧，龍之吐息！」

剎那間，明亮的橘紅色火光夾帶強勁氣流，宛若龍所發出的咆哮，霸氣地朝前方殺人蜂群撲去！

第一波來襲的殺人蜂群來不及閃躲，瞬間就被巨大的噴射火流吞沒殆盡！

熊熊的火光幾乎照亮地獄無垠的黑色天空。

宮成茜與月森確實見識到，這就是地獄四天王破壞王阿斯莫德的驚人力量！

「我看……完全不需要我們出手了吧？」宮成茜愣愣地看著前方，對著身旁同樣看得入神錯愕的月森道。

「啊……真不愧是破壞王大人。」月森同樣有些遲鈍地點點頭。面對這強大的力量，他望塵莫及。

「你們還有什麼本事，儘管使出來吧，殺人蜂。」

阿斯莫德將長槍用力地插入地面，強勁熱浪造成的氣流吹得他一頭酒紅色長捲髮獵獵飛舞，無形之中更增添破壞王的氣勢。

阿斯莫德如此揚言之後，原以為殺人蜂會自知不敵退去，想不到第二波飛來的殺人蜂群數量更多，以奇特的隊形四面八方朝宮成茜一行湧來！

「我收回前言，看來我們還是不能置身事外，就當作運動鍛鍊體力吧！」

宮成茜握緊手中的法杖，大喊：「破壞Ｆ４紅外線，死光執行！」

剎那，強烈的紅色死光豪邁地直射而出。

雖不像阿斯莫德的龍之吐息那般全方位毫無死角攻擊，但宮成茜的死光射擊也精準地將黑色殺人蜂一一擊落！

「冰河彼端，冰封數尺。」面對突然殺至眼前的殺人蜂，月森不疾不徐，口吻如冰山般冷冽。

下一秒，便見已飛到面前的殺人蜂全身結凍、成為一大塊冰塊掉落在地。

「不錯不錯，讓你們兩人多點機會練習也好。想到地獄最深處的話，就必須要有隨時戰鬥的能耐與準備。」

阿斯莫德再次使用龍之吐息。縱使是同一招，殺人蜂也沒有習得任何教訓，大批在火流之中燒得灰飛煙滅。

「我難得贊同那個惡魔說的話，如果要到地獄的深處，確實要讓自己變得更強才行……我才不要跟唐三藏一樣，每次都只靠悟空來救！」

宮成茜也不斷閃躲殺人蜂的毒針攻擊，即使跑得有些喘不過氣，她那顆充滿鬥志的心仍不變。

「茜，但我願是妳的悟空。我雖然無法到達像破壞王大人那般強大……可是為了妳，我會讓自己成為最可靠的守護者。」

月森此話一出，同時發出凍骨寒氣，消滅冷不防朝宮成茜偷襲而去的殺人蜂。

「月森哥……」

宮成茜慢了一秒才知自己原來差點被襲。雖然現下情況危急，但聽到月森的話語後，她止不住內心的悸動。

「我說那邊的兩人，不要趁本王忙著消滅殺人蜂時談情說愛，我看了也是會眼紅的。」

後方傳來阿斯莫德的聲音，宮成茜和月森這才轉移含情脈脈的視線，回歸各自的戰鬥。

「真是的，我底下怎麼會有這種發電機作家呢……我阿斯莫德是惡魔，可不是促成姻緣的紅娘呀。」

阿斯莫德故作無奈地嘆一口氣，手一揮，握在手裡的長槍瞬間又滅掉好幾隻黑色殺人蜂。

在阿斯莫德主攻、宮成茜與月森輔助的連續攻擊之下，原先盤踞在這一帶的黑色殺人蜂近乎全滅，僅剩幾隻僥倖存活的殺人蜂倉惶飛離。

「茜，要追嗎？」月森轉過頭詢問已經收起法杖的宮成茜。

「用不著趕盡殺絕，我沒興趣成為種族滅絕的罪魁禍首。」宮成茜聳了聳肩。

「還真是慈悲呀，我終於在妳身上找到一項可以不用下地獄的善良特質了。」

阿斯莫德也收回那把橫掃千軍的長槍，即便語帶諷刺也不改優雅態度。

「阿斯莫德，少說幾句話嘴巴會癢嗎？」宮成茜沒好氣地瞪向那狡詐陰險又自以為是的惡魔。

「哎呀，這是感謝恩人的態度嗎，宮成茜？」阿斯莫德毫不示弱，維持一貫笑容。在他俊美魔魅的臉上，似乎很難看到動怒瞬間。

「月森哥，我們打道回府吧，明天一早就去跟那頭五花肉報告這件事。」完全無視阿斯莫德，宮成茜走向月森勾住他的手，兩人往候判所前進。

「宮成茜，妳至少把今天的稿子交出來啊！」

可憐的阿斯莫德真不知自己會不會做了白工。

「終於……寫完了……」

曙光乍現之際，宮成茜整個人無力虛脫臥倒在書桌上。

她所謂的「寫完」並非真的全部寫完，只完成了昨夜該交給阿斯莫德的進度。

「辛苦妳了，需要保冷袋敷額頭來提振精神嗎？」月森準備拿下自己腕上的保冷袋護腕。

宮成茜馬上坐起身來阻止道：「不、不用了！謝謝月森哥的好意，保冷袋就你一個人適用！」

「茜，真的不需要嗎？」月森認真地把保冷袋拿得更靠近宮成茜。

「真真真的不需要！」

宮成茜都想從椅子上跳起來了。她實在不懂，為何月森對保冷袋的執著強烈得連死後都不放過。

「嗯，那麼按照預定時間，我們該去找堪薩斯所長報告了。」

「我知道啦，被你這麼一鬧，我本來想多休息一會也沒睡意了……走吧，讓五花肉吃驚一下！」宮成茜站起身，雙手拍拍自己的臉頰後，精神振奮地對著月森道。

在走出房門前，宮成茜將嘔心瀝血寫好的稿子收進隨身包包內——月森送的貼心禮物。

身為專業稱職的輕小說作家，必須時時刻刻將稿子的安頓放在第一優先！

來到候判所一樓，這回無須祕書貓小姐的帶路與通報，宮成茜與月森可以直接敲門進入所長辦公室。

「哦，你們這麼早就來了？是來向我報告的嗎噗？」堪薩斯一如既往坐在寬大辦公桌後，說話時兩頰飽滿的肥肉微幅振動著。

「那是當然了，五花肉，我們可是耗了一整晚幾乎沒睡完成任務。」宮成茜撥了一下頭髮，自信滿滿地回答。

「妳何時才會改掉那討人厭的稱呼啊……算了，你們該不會只花一晚就解決了黃蜂減少的問題噗？」堪薩斯皺起眉頭，語帶質疑。

「月森哥，你代替我跟他解釋吧，不然我會一直想稱呼他五花肉。」

「宮成茜妳！」堪薩斯再次氣得連平常慣用的語助詞都忘了。

「我明白了，茜，由我說明確實比較妥當。」只要有長眼睛的人都知道別讓那兩人直接對談才是上策。

「堪薩斯所長，經過昨日在候判所後花園附近的巡邏，我們找到可能使黃蜂數量銳減的凶手——也就是最近不知為何在這一帶聚集的地獄原生種，黑色殺人蜂。」

「黑色殺人蜂？這麼說來，最近這一帶確實發生不少亡魂被黑色殺人蜂攻擊的事件……但這和黃蜂銳減有何關聯噗？」

「有關係的，堪薩斯所長。據我們親眼所見，黑色殺人蜂會侵略這一帶的黃蜂聚落。我和茜都認為，這應該就是黃蜂大量死亡的原因。」

「原來如此，還真沒想到……不過，你們該不會也一併解決了黑色殺人蜂肆虐的問題吧？依你們倆的能耐，應該無法將那凶殘的族群給滅了噗！」聽完月森的說明後，堪薩斯又提出新的疑問。

「確實如您所說。依我和茜的能力，消滅幾隻不成問題，但要將禍源連根拔起是相當困難的。」

「那你們還說只花一晚就解決噗！」堪薩斯聽到這裡突然激動起來。

「天啊，我快受夠了，五花肉我就直接跟你攤牌吧！答案——我們靠著阿斯莫德那傢伙的協助才將黑色殺人蜂驅逐出去！」宮成茜顯然受不了月森和堪薩斯那種繞來繞去的對話，聽得她都沒耐性了，乾脆一鼓作氣說出原因。

「你們找來破壞王大人？怎麼請動他的？我可是怎樣請他都不來幫忙的啊噗！」堪薩斯詫異地張大嘴巴，下巴彷彿都快掉了下來。

宮成茜便微微揚起臉，頗為自豪地道：「這就是本姑娘厲害的地方了。」

「啥啊？」堪薩斯愣愣地看著宮成茜。

「我可是用計謀把阿斯莫德那傢伙拐來的。沒辦法，誰叫他需要我。」

「茜，破壞王大人需要的不是妳，而是妳的稿……！」

月森話還沒說完，就馬上被宮成茜摀住嘴巴。

宮成茜一臉僵硬地笑道：「我說月森哥，有些時候留點後路給人是種處事哲學唷。」

發現堪薩斯用狐疑的眼神盯著自己看時，宮成茜又立刻鬆開手道：「咳，總之，在阿斯莫德的幫忙下，我們成功驅除了讓黃蜂銳減的凶手。這麼一來，五花肉你應該願意打開前往地獄下一層的通路了吧？」

「哼……我堪薩斯並非食言而肥之人，既然你們做到了，我當然會履行承諾噗。」

「不用食言就已經夠肥了……」

「宮成茜妳在那邊嘀嘀咕咕什麼！」雖然沒聽清楚宮成茜究竟說了何話，一種本能的危機意識讓堪薩斯馬上怒視對方。

「啊，我什麼都沒說、什麼都沒說，請所長帶我們前往通向地獄第二層的道路吧！」有求於人的宮成茜立刻換上甜甜的笑容。

「哼，算妳識相。走吧，別拖拖拉拉了噗。」堪薩斯冷哼一聲，隨即從他的大位上起身離開，那肥肥胖胖圓圓滾滾的身影就往辦公室另一端前進。

「喂喂，月森哥，你覺得五花肉會帶我們去什麼樣的地方？地獄的通道不知道長什麼樣子，好刺激喔！」宮成茜緊跟在堪薩斯的後頭，小聲地詢問身旁的月森。

「嗯，我基本上不在乎長什麼樣子，只希望那裡能夠冷一點……啊，還希望有地方能替我的保冷袋護腕換冰塊。」

「……地獄通道裡最不需要的就是換冰塊的地方，月森哥。」

跟著堪薩斯走了一會，來到一臺亮著紅燈的指紋辨識機前。堪薩斯把大拇指貼在機器辨識區，剎那只見紅燈轉綠，一扇大門隨即開啟。

「指紋辨識系統……你們地獄還真是先進又世俗。」

以輕小說家的立場來看，地獄通道通常應該是個充滿魔法的黑森林籠罩之處，經過重重施術才能看見……宮成茜萬萬沒想到，真正的地獄通道這麼科技化。

他納悶地問堪薩斯，為何地獄要使用這麼科技化的產品？

想不到堪薩斯回了一句經典名言：「因為科技始終來自於人性，人性始終就是容易墮落，這不是很符合我們地獄的宗旨嗎噗？」

「好像……有那麼一點道理。」

雖是這麼說，但她仍舊懷疑，真的不是堪薩斯自己想要圖方便而已嗎？看看那身材，跟羅馬一樣並非一日所造。

通往地獄第二層的通道不過是一條漫長的隧道，看在宮成茜眼中真是一點想像力都沒有。

走了不久，他們就看到人形看板娘「小舞」，以及旁邊的招牌：

歡迎來到地獄的第二層，小舞很開心見到你！旁邊還有蓋章紀念處唷！不是每一層都有的，快來跟小舞合照，並留下紀念章吧！

「地獄怎麼也在搞觀光產業的行銷手法啊！」

宮成茜用力地拍了一下自己的額頭。地獄裡有動漫風格的看板娘就算了，居然還有收集紀念章的活動？

路西法你是吃飽太閒沒事幹嗎！

好好的地獄被你弄得像觀光景點，全世界的宗教家都會哭泣啊！

「茜……妳在幹嘛？」月森忽然叫住背對自己正忙於某事的宮成茜。

「哦，正在蓋紀念章啊。既然都來一趟地獄了，就帶點紀念品回去人間吧。」

十秒前還在痛罵路西法的她也樂此不疲地蓋起章。

蓋好章後，宮成茜來到了傳聞中地獄的第二層。還沒走到入口，就傳來一陣陣痛苦的悲鳴和哭聲。

走進入口，宮成茜看到一名大巨人坐在入口處。

「哇，這傢伙長得跟《進○的巨人》裡那個攻破城牆的巨人好像！」

「原來妳也有看那部漫畫啊？晨星．路西法大人很愛那套，所以特別叫冥羅司整形整得跟漫畫裡的巨人一樣。他本來不是長這樣的噗。」堪薩斯一聽到宮成茜口中提及的那部漫畫後，馬上回應她。

這絕對是抄襲又侵權了吧……

宮成茜不禁翻了個白眼，她越來越想知道那個名叫晨星．路西法的地獄之主究竟是什麼德性，就算長得像哆啦B夢她也相信！

「唷，冥羅司，我帶這兩個傢伙來了，你最近還好嗎噗？」堪薩斯走向坐在地上的巨人，伸出他的豬蹄和對方打了招呼。

「堪薩斯……你帶來的這個女人，應該就是破壞王大人所說的人類貴客吧？」名叫冥羅司的巨人，微微垂下如黑洞般漆黑看不見底的雙眸，鎖定宮成茜所在的方向。

在冥羅司的身旁有一長串隊伍，正是那些發出哭號哀鳴的亡魂們。他們人人手持著一張號碼牌，大概是在等待冥羅司的接見。

「雖然你每天坐在這裡，但消息挺靈通的，不愧是整天二十四小時都在看電腦的宅男噗。」堪薩斯一邊說一邊眼神瞄向冥羅司身旁的一部巨大型電腦。

大約成人體態一半大小的桌上型電腦主機，主機上頭還印了一個……如果宮成茜沒看錯，應該是一顆被啃了兩口的蘋果造型。

月森後來偷偷告訴她，那象徵當年亞當與夏娃墮落時所咬下的那兩口。

「人類，我冥羅司乃是克里特的國王與立法者，宙斯的兒子，目前則為地獄第二層的判官。我從破壞王大人那裡聽過關於妳的事。今日前來，肯定是為了要到地獄的最深處找回靈感吧！」

冥羅司用渾厚而低啞的嗓音對著宮成茜自我介紹，身後一條如青蛇般粗壯的尾巴也微微揚動。

「正如你所說，我確實是為了取回被封印在地獄最深處的靈感而來，沒有靈感的話我會很苦惱的。既然大人你已經知道我的來意，請讓我迅速通關吧！」

面對眼前這看來高大威武的巨人，宮成茜不敢隨意造次，應對的態度明顯與對堪薩斯截然不同。

「我本就無意阻擋妳的去路。去吧，在我身後的道路已為妳敞開，我不會堪薩斯那樣刁難妳。記得，只須在妳的地獄遊歷輕小說中，把我描寫得帥一點，我就很高興了。」

冥羅司一邊說一邊也不忘進行判官的工作。當他領取亡魂的號碼牌後，該名亡者就會自動招認生前的罪行。冥羅司便將他的尾巴伸向對方、迅速纏住此人的身體，從尾巴纏繞的圈數便可得知這名亡魂將被遣送到第幾層地獄。

「冥羅司，不要趁機講我壞話啊，你這個萬年宅男噗！」

堪薩斯一聽到冥羅司這麼說，立刻反嗆回去，接著他一個轉身便拋下一句話：「哼！我要回去候判所了，你們好自為之吧噗！」

「哎呀，五花肉也真有點傲嬌屬性呢……只可惜長得一點也不討喜。」望著氣沖沖踱步離開的堪薩斯，宮成茜搖了搖頭嘆息。

「茜，有時候我真的覺得妳講話非常直白，直白到讓人一聽都會打從心底受到創傷呢。」月森難得語重心長。

「冥羅司，我答應你，會盡可能地把你描寫成史上最帥的巨人！」

不知是故意忽視還是真沒聽見月森所言，宮成茜向冥羅司揮了揮手後，便自行往入口深處走去。

月森正要跟上宮成茜的腳步時，冥羅司突然叫住了他：「你是名叫月森的亡魂吧?有件事我要提醒你。」

「冥羅司大人，請問是何事？」

「待會進入的區域，對你而言會是一大挑戰……若你想繼續維持好一名守護者的形象，請努力提升你的自制力吧！」

「我明白了，謝謝冥羅司大人。」

嘴上雖是這麼回答，實際上月森對於冥羅司說的話根本毫無想法，此時此刻他只想快快跟上宮成茜的腳步。

殊不知，冥羅司口中所言的挑戰，不僅僅只是針對月森……對宮成茜而言，也是一大刺激的難關。

第六章

色欲圈歌舞伎町

Tuning Demon Projec

一陣又一陣陰風吹來，宮成茜與月森徒步走了不久後，一座陰暗的綠色山谷映入眼簾。

「這裡就是地獄的第二層嗎？原來是一座山谷啊！」

宮成茜趕緊拿出紙筆記下寫作素材。儘管不是心甘情願地替地獄寫遊記輕小說，為了重返人世還是必須硬著頭皮努力。

「咦？月森哥你看，山谷入口前是不是有個矮不隆咚的身影上下跳躍？」

在這座幾乎無人的山谷入口前，有人像長毛臘腸狗般跳來跳去，很是引人注目。

「嗯，確實有個人在那邊……茜，妳很在意的話我去幫妳看一下？」

「那就謝謝月森哥啦！」

宮成茜點了點頭後，月森便往仍舊跳個不停的那道身影走去。

走近一看，那是一名名年約十七、八歲的矮小少年，穿著與自身年齡不符的筆挺西裝，顯得有些突兀。

「先生，請問你在這邊跳來跳去是為什麼？」月森試著想要詢問這名彈跳力十足的少年。

那一頭柔軟又有光澤的棕髮，的確很像長毛臘腸狗。對方不理會月森，依然像個彈簧似地跳啊跳。

為了滿足宮成茜的好奇心，月森耐著性子又問了一次：「先生，請問你……」

「煩死了！」

月森話還未問完，少年突然一個轉身，一張黃色的符咒竟瞬間朝月森所在飛射而出！

月森趕緊一閃，那張符咒落地之際同時爆炸！

——這少年是動真格想滅了他！

以防萬一，月森也亮出了他的武器「冰河彼端」，嚴肅應戰。

「真是煩死了……果然會被打入地獄的靈魂都不是好人！」少年沒好氣地嘖了一聲，再度手握三張黃色的符咒。

「你……不是亡魂？」月森從對方身上散發出的氣息與言語中得知，這名少年似乎不是與自己相同的亡魂。

然而，卻也不像宮成茜那般充滿活人的氣味，而是介於活人與亡魂之間的曖昧存在。

「誰跟你一樣是亡魂啊！」挾帶著怒氣，少年再次朝月森接二連三拋出手裡的符咒！

當月森與棕髮少年打得不可開支之際，在遠處的宮成茜也察覺到異樣。

她吃驚地喊了一聲：「喂喂！怎麼好端端的卻突然打起來了啊！」

宮成茜趕緊跑上前一探究竟，就見月森手持西洋劍，與少年的符咒陣法持續纏鬥！

「住手！統統都給我住手！」宮成茜握緊拳頭、扯子嗓子大喊。

大概是宮成茜的阻止真起了作用，一時間月森和棕髮少年都暫時停止戰鬥，愣愣地看著一旁的宮成茜。

「你們沒事打什麼架?月森哥，我不是叫你來查看一下情況而已嗎?」

宮成茜雙手扠腰，先數落月森，再轉頭瞪向另一側的少年：

「還有你，臭小子，年輕人血氣方剛就這麼喜歡打架?這麼愛鬧事難怪會下地獄!」

「妳叫我臭小子?喂，妳什麼都可以罵，就是不准喊我臭小子，尤其是『小』這個字……我可不小了!」少年似乎相當介意宮成茜使用的稱呼。

「哈啊?你說什麼呀?我倒是要問問你們，怎麼會莫名其妙地打起來呢?」

宮成茜懶得探究少年如此在意的原因，她只想弄清楚月森哥這麼安分的人怎會和這小毛頭槓上。

經過一番了解，宮成茜這才明白，兩人打起來的原因，原來只是缺乏耐心的少年看月森這個亡魂不順眼。

望著宮成茜，棕髮少年訝異地詢問：「……妳是活人?」

「你那是什麼質疑的口吻，難道你想說像我這般如花似玉的好女人是死人?」

宮成茜的眼神立刻銳利起來。

「真是罕見了，能在地獄裡看到活人……妳到底是怎麼來著的？」棕髮少年一手托著下巴，從頭到腳打量著站在面前的宮成茜。

「你不也是很奇特的存在嗎？介於活人與亡魂之間的你又是什麼？」宮成茜還未出聲，月森就先反問。

「哼，我乃姚家第十六代天師傳人姚崇淵。我是靠自身的法力，以靈魂出竅方式來到地獄！」自稱姚崇淵的棕髮少年挺起胸膛，一副氣宇軒揚地宣告。

殊不知看在宮成茜眼底，只像個小男孩在裝大人。

「你這小毛頭居然是個天師，真讓人意外……」這回換宮成茜難以置信地審視著對方。

「什麼小毛頭！我今年已經二十六歲了！」

宮成茜與月森異口同聲地驚呼：「二十六歲?!」

難以置信的兩人睜大雙眼直盯著姚崇淵看。實在難以想像，二十六歲男人的身高居然只有一百六十左右，還有一張像極少年的超級娃娃臉。

這個姚崇淵以外表來看確實是名美少年，可能還是混血兒，有著一頭淺棕色短髮和淺褐色雙眸……宮成茜猜想，這傢伙應該能夠牽動許多女性的母愛吧？

不過，大概是為了讓自己看起來成熟點，姚崇淵花了不少心思，像戴上比較具有專業形象的細黑框眼鏡、穿著西裝襯衫等……宮成茜不禁在心底大嘆，這傢伙想要扮老也真辛苦哪。

「你們太失禮了吧？現在該回答我的問題了，女人！妳是怎麼來到地獄的？身為天師的我極度想了解！」姚崇淵沒好氣地直指著月森與從方才就盯著自己看的宮成茜。

面對姚崇淵的質問，宮成茜自認也沒什麼好隱瞞的，便答：「既然你這麼想知道，我就告訴你好了。我是被阿斯莫德帶到地獄的，只要我完成某件路西法指派的任務，便可重返人間。因此，我才會以活人的身分在地獄裡出現……這樣你懂了嗎，姚天師？」

「妳就是那個……被地獄之主委託創作地獄遊歷輕小說的人？」姚崇淵略微訝異地張開嘴巴，愣愣地看著眼前的宮成茜。

「怎麼連你都知道？」宮成茜納悶地皺起眉頭。

姚崇淵突然一個箭步向前握住宮成茜的手，認真地大聲拜託：「請讓我協助妳完成此番創作之路吧！」

「哈啊？」面對這突如其來的請求，宮成茜都傻眼了。

月森立刻上前扯開姚崇淵的手：「請自重，不許你這樣騷擾茜。」他一邊說一邊不客氣地對姚崇淵發射出寒冷殺氣。

宮成茜見狀便出來緩頰：「在你這麼擅作主張請求我之前，你能先解釋一下剛剛一直在這邊跳個不停的原因嗎？」

「這正是我剛才前來問你的問題，請說明一下吧。」月森的語氣充滿了敵意。

沒想到態度一直很高傲的姚崇淵雙頰開始漲紅，支支吾吾，最後才吞吞吐吐地道：「咳，我是為了要看裡面的景象啦……據說這一帶附近好像有座……」

欲言又止，姚崇淵意外地扭捏起來。

「好像有什麼？」宮成茜一聽，更為好奇地追問到底。

姚崇淵避重就輕地回：「咳咳，妳不曉得這裡再走過去是什麼地區嗎？妳或許不適合出現在那裡。」

「所以我說到底是什麼啊？」宮成茜實在是等得不耐煩了。

姚崇淵被逼得不得不回答，小小聲地道：「再過去一點……就是地獄第二層裡著名的『色欲圈』。」

「就這樣？所以你就像長毛短腿臘腸狗那樣跳來跳去想偷看？」

「什麼臘腸狗！真失禮！當然不只是這樣啊！」

姚崇淵就像炸毛的長毛短腿臘腸狗般駁斥宮成茜，馬上又補上一句：「色欲圈內裡聽說還有個神祕區域！」

「神祕區域？該不會是有外星人……」

從小看過許多科幻影集的宮成茜，最先聯想到這個，沒想到姚崇淵馬上打斷：

「怎麼可能？在色欲圈內的當然是——天體營啊！」

此話一出，現場一片沉默安靜，三人頭頂彷彿有烏鴉「呀呀」飛過。

「糟糕！我居然說出來了……」心虛的姚崇淵趕緊從後背包中拿出牛奶猛灌，罐身上還貼著「老子要長高」的醒目標籤。

「所以……你為了要偷看天體營裡的裸女，才在這裡跳來跳去啊……」

宮成茜扶著額頭，嘆口氣後又道：「你說，我為什麼要讓你這種發育不良卻色欲薰心的臘腸狗陪我同行呢？」

此時，月森盯著姚崇淵的眼神更加充滿敵意，彷彿只要姚崇淵一伸手，他馬上就會舉劍斬落。

在宮成茜的質問與月森的敵視雙重壓迫下，姚崇淵不禁抱屈地道：「這、這是兩碼子事吧？況且我也沒真的看到啊！可惡，看來天體營在另外一處……」

「你說什麼？」宮成茜眉頭一挑。

「沒、沒有！我剛什麼也沒說！」

姚崇淵又喝了一口牛奶，彷彿藉此重新鼓起勇氣，對宮成茜說：「妳叫宮成茜對吧？感應能力與預知能力告訴我，在這趟地獄之旅，妳需要不只一位伙伴陪同。」

「真是邪門，你居然知道我的名字……不過，你究竟憑什麼認為我會需要其他伙伴？」宮成茜眉頭蹙起，不客氣地反問姚崇淵。說到底，她實在認為像姚崇淵這樣的人沒必要留在身邊。

「哼哼，這是身為姚家第十六代天師的必備能力之一。宮成茜，在接下來的旅途中，我可以看見妳將遇到許多障礙與危難，唯有透過三名伙伴的幫助，以及破壞王的支援，才能抵達地獄的最深處取回靈感。」

姚崇淵說話時，宮成茜看見他的雙眼忽然呈現失焦狀態，甚至隱約閃爍著一股流動的螢光……或許這真是姚崇淵所說的能力？宮成茜深覺不可思議。

看到宮成茜的反應，姚崇淵便得意地道：「如何？見識到本天師的厲害了吧！這樣妳說還需不需要我啊？」

「厲不厲害我說了算。只是，你跟著我旅行到底有何目的？」

宮成茜雙手抱胸，採取防衛姿態。她可沒笨到這麼單純就答應對方的協助，天下可沒有白吃的午餐吶。

「很簡單的目的，總之妳不會吃虧的。」姚崇淵點了點頭，肯定地答。

宮成茜正想追問下去時，姚崇淵又打岔道：「你們不是想去地獄最深處？那還不快走？不過，別怪我沒先提醒你們……待會進入色欲圈後，不要太大驚小怪。」

說完姚崇淵便自行先往前走。

宮成茜與月森雖覺此人奇怪，但的確要往前進，便跟著一同進入這座山谷之中。

進入山谷後，首先迎接宮成茜一行人的，是一座誇張華麗又色彩繽紛的牌坊，上頭用偌大的鮮豔字體寫著幾個大字。

宮成茜不禁喃喃念出：「……色欲圈歌舞伎町？」

有誰可以告訴她這究竟是什麼玩意嗎？

「茜，不如我們繞道吧？感覺這裡進去後，不花個一大筆錢就出不來了……」月森眉頭微蹙，認真的口氣中夾帶一絲擔憂。

「不止月森哥你這樣想，我也這麼認為。」宮成茜的腦海裡，浮現各種被牛郎拱開香檳王的奢靡畫面……日劇都是這樣演的。

走在最前面的姚崇淵回過頭來，朝宮成茜和月森招了招手：「你們還杵在外頭幹嘛？當木頭人哦？」

「姚崇淵，要前往地獄深處，除了這條路外沒其他選擇嗎？我實在很不想進去……」

「因為我沒錢」這句話哽在宮成茜的喉嚨裡沒說出來。

「妳當地獄是羅馬，條條大路都通啊？當然沒這麼好康的事！況且色欲圈基本上也是為了懲罰那些在世時不檢點、通姦或淫亂的人而設置。」姚崇淵雙手扠腰，義正詞嚴地道。

「可是，你說的很沒說服力呀，如果真是為了懲戒，怎會有這種詭異的牌坊……」宮成茜抬頭又看了一次前方的花俏牌坊。

姚崇淵像是心虛般馬上又喝了一口牛奶。

宮成茜和月森盯著他看，姚崇淵像是想自清卻又越描越黑：「我、我這才不是為了長高！」

「我們什麼都沒說，是你自己說出口的哦……」宮成茜面無表情地看向一臉慌張的姚崇淵。

「我、我不管你們了啦！」姚崇淵漲紅了臉，又羞又氣地撂下此話，氣沖沖地往色欲圈內走去。

月森轉頭看向宮成茜：「茜，現在該怎麼辦呢？」

「沒聽到那個天師說了嗎？看來只能硬著頭皮進去了……啊，拜託帥牛郎不要拱我開太多香檳王！」

此話一出，旁邊的月森馬上白眼她。

踏入這座名為「色欲圈歌舞伎町」的區域，宮成茜立刻傻眼了。

放眼望去，盡是一家家歌舞高昇的酒樓與娼館！

這裡風格應有盡有，有日式建築也有西方莊園，路上還有豔麗的藝妓朝月森拋媚眼。西裝筆挺的金髮碧眼西方帥哥向宮成茜欠身，邀她進入他們的祕密花園。

宮成茜一時看得心花怒放，笑呵呵地跟著帥哥們調情，不斷喊著「混血帥哥等等我」、「嘿，猛男」、「歪國小鮮肉好像也不錯」諸如此類的話。

目睹此狀的月森馬上揮開周圍的鶯鶯燕燕，趕緊一把拉住宮成茜的手快步離開。

宮成茜被拉得踉踉蹌蹌，忍不住皺起眉頭問月森：「月、月森哥，你幹嘛呢？」

月森神情嚴肅，目光直視向前，「茜，妳忘記之前在浴室裡發生的事嗎？」

宮成茜一愣，腦海立刻浮現當時月森對待自己的種種……讓她臉頰又是一陣滾燙。

「像那樣的事情，也會發生在其他地獄裡的男性身上。茜，別跟我說妳忘了自己是多麼特別的存在。」

月森板起臉來，難得對著宮成茜訓話。

宮成茜明白月森的話，也只好尷尬地點頭回：「我知道了啦……月森哥……」

注意到自己一直被拉著的手，宮成茜便問：「我說月森哥，你要一直拉我的手到什麼時候？」

宮成茜原以為這麼一問出口，月森便會馬上鬆手，想不到月森竟回：

「直到妳安然走出這塊色欲圈。」

宮成茜瞬間感受到月森的霸氣和對自己的獨占欲！

為了安撫心頭亂撞的小鹿，宮成茜趕快轉移話題：「對了，那個臘腸狗天師呢？一眨眼就不見蹤影啦！」

「他說不定已經在某個酒家裡淪陷了。」月森四處張望，脫口而出的正是他的推測。

「我想很有這個可能……到底是誰主動請求要協助我完成地獄之旅啊？果真是

個不可靠的小子。」宮成茜沒好氣地聳了聳肩。

月森果真一路緊緊地牽著她的手。

「茜，我們先自己打聽往地獄深處前進的道路吧。據我所知，每一層都有一個把守者，我們先找出那名把守者。至於姚崇淵，若他有心要與我們會合的話會自己出現的。」

「月森哥說得有道理，那就照你說的去辦吧。」宮成茜點頭讚同月森的說法。

月森又突然拉住她。

「月森哥，怎麼了？」宮成茜納悶地回頭看向似乎有何難言之隱的月森。

「茜……在打聽之前，可以先找個地方讓我的保冷袋降溫一下嗎？」

「哈啊？」

宮成茜當下以為自己聽錯了——月森哥剛剛到底說了什麼？

保冷袋的降溫比找出地獄通道更重要？

看著月森用無比期盼的認真眼神注視自己，宮成茜也被徹底打敗了。她嘆口氣：「唉，我知道了，我們先跟人家借個冰箱之類的吧。啊，前提是地獄裡要有冰箱這種東西……」

首要任務——找到冰箱寄放保冷袋——比宮成茜預期的還要快完成。

原因無他，正是因為月森那張出類拔萃的俊美憂鬱容貌。月森只需用一個眼神請求……無論是正在發送傳單的兔女郎、坐在櫥窗內用嫵媚姿態招攬客人的女妖狐，甚至連在酒店前站崗且戴著墨鏡的保鑣大哥，都願意向月森出借冰箱！

有人甚至還想引誘月森進入屋內，宮成茜當然馬上識破對方的詭計，在月森答應前就先斷然替他拒絕。

實在太可怕了，宮成茜真心認為，其實用不著擔心害怕這座歌舞伎町了……光一個月森哥就能魅惑所有人了吧！

總之，歷經了一陣風風雨雨（？），宮成茜與月森終於解決讓保冷袋降溫的問題。在這段期間，依然不見姚崇淵的身影，宮成茜也就鐵了心，專注於探聽情報。

在詢問過程當中，宮成茜也險些中了一些俊秀男公關的溫柔陷阱，差點被連哄帶騙地拐進去開香檳王了……

在理智的拉扯與月森即時救援下，宮成茜才躲過這一次次的美男災難。

在色欲圈歌舞伎町打探了一整天的消息，兩人也累了，不過對於色欲圈的把守者總算有了點眉目……雖說不保證就是他們要找的人。

「在咱們這圈子內，有個叫法蘭西斯卡的老鴇，可以說是我們色欲圈歌舞伎町的鴨中之霸，旗下的女郎來自各類種族，個個妖豔美麗……她接觸並網羅的客人很多，消息非常靈通。如果你們想找到把守者，應該可以問問她。」

這是宮成茜和月森在今日太陽西下前，問到的最後一人。那是一名似乎趁著空檔出來店門口抽菸納涼的小姐。

「唷，這個小哥，我看挺合姐姐的胃口，給你半價優惠來溫存一下吧？」兩指還夾著香菸的小姐，用一種色欲薰心卻又不打算白做工的心態對著月森道。

「不用了，他光應付我一個人就吃不消了。」宮成茜板起一張臭臉，斷然替月森拒絕，這回換她強行拉著月森離開。

留下傻楞楞地站在店門前的酒店小姐後，宮成茜快步前進一段路，才終於停下腳步。

「茜……」

「幹嘛？」宮成茜回過頭看向月森。

「剛剛妳說的那句話，對酒店小姐說的那句……可以再重複一次嗎？我想要錄下來。」

「……月森哥，你好痴漢。」宮成茜立刻投以月森一記白眼。

她有時真心認為，月森哥根本是雙重人格或是超級悶騷吧，和他冰山王子的外表實在太反差。

「咳，茜，我們待會就去找那個法蘭西斯卡嗎？」被宮成茜說了這麼一句後，月森立刻抹一抹臉、重新換上正經的神情。

「聽說她在色欲圈歌舞伎町開了一家『惡魔的夜之館』，我們就去那裡找她問個清楚吧！」宮成茜拍了拍月森的肩膀，隨後邁開步伐向前走。

「茜，妳知道往哪裡走？」眼看宮成茜走得很快，月森便問道。

「啊？」被這麼一問，宮成茜這才恍然意識到自己根本不曉得路怎麼走。

「由我來帶路吧，剛剛也向酒店小姐確認路線了。」

「哇，還是月森哥可靠！」

宮成茜雙手合十表現得開心感動之際，心裡則想著另外的兩道身影——相較於只有催稿時才會出現的阿斯莫德，以及不到一眨眼工夫就消失得不見蹤影的姚崇淵，還是她家的月森哥讓人放心哪。

在月森哥的帶領下，兩人很快就找到據說由法蘭西斯卡經營的酒店。還未進入店裡，兩人就先驚嘆於這棟建築的華麗氣派。

「根本是五星級飯店等級吧……到底有多少人會在這裡消費啊？」

宮成茜眼前一整座大樓——不用懷疑，這一整棟都是「惡魔的夜之館」！

她該說真不愧是地獄裡的色欲圈嗎？

做八大行業可以做得這麼明目張膽，還足以蓋起一棟大樓！

這家店的經營者法蘭西斯卡絕對不是簡單人物！

「月森哥，做好準備了嗎？感覺走進這家店後沒丟個十萬，保鑣絕對不會讓我們出來……」

宮成茜看到駐守在酒店門口前身形驃悍高大的數名黑衣保鑣後，下意識地嚥了嚥口水。這群保鑣連男女通吃、殺傷力極大的月森都不放在眼裡，肯定是更難搞定的等級啊！

「到時如果真的搞不定，茜，妳就試著用心靈感應的方式向阿斯莫德大人求救吧。」

「月森哥，有時候我覺得你也是挺沒擔當的。」宮成茜無奈地看向身旁的月森。不過說實在他講得也沒錯，熱愛女色、看起來又像暴發戶的阿斯莫德搞不好還是這家的ＶＩＰ。

鼓足勇氣深吸一口氣後，宮成茜和月森終於邁開步伐，來到這棟華麗得讓人快睜不開眼的酒店門口。

「歡迎光臨，請問兩位今日是來消費的嗎？有指名的小姐嗎？」

出來接待的金髮辣妞慢條斯理地搖晃著黑色貓尾，看起來格外挑逗。她隨後轉過頭面向月森身旁的宮成茜，面帶專業的微笑道：

「本店也有提供男公關服務唷，請問大小姐指名哪位執事呢？」

「呃，我們是來找法蘭西斯卡……」

宮成茜真沒想到這家店居然也是男女通吃，還大小姐跟執事咧……不過確實應該如此，生意才能做大做好。連地獄裡的酒店都這麼跟得上風潮，是因為有個動漫狂熱的地獄之主嗎？

「請問，您為何要找我們的老闆？」接待小姐神情立刻變得嚴肅起來。

「是這樣的，我們想詢問她關於色欲圈把守者一事……」

月森話還未說完，就見眼前的接待小姐臉色一沉，直接轉過頭去對著身旁的保鑣附耳說了幾句話。

「月森哥，我有一種很不祥的預感。」宮成茜壓低嗓音對著一旁的月森道。

「茜，我跟妳有同樣的想法。」月森戒備起來。

若有必要，月森不惜在這家酒店內動武……倘若對方膽敢傷及茜，絕對不能原諒。

氣氛頓時變得劍拔弩張，但宮成茜與月森面前的接待小姐說了幾句話後便驅走保鑣，轉而對他倆道：「請兩位跟我來。」

宮成茜和月森彼此互看一眼。

雖然前方可能有不知名的危險在等待他們，卻也別無選擇，只能跟著接待小姐一同前進，方才所見到的那名保鑣尾隨在他們之後。

宮成茜忍不住湊到月森耳旁低聲道：「後面那個壯漢肯定是要看守我們，怕我們掉頭逃跑。難道不能在這家店裡提起法蘭西斯卡的名字嗎？否則怎麼會受到這樣的待遇？」

「不，不一定是因為提到他們老闆的名字……我想，『把守者』這個詞也有可能引起這樣的狀況。」

「難道色欲圈裡的把守者是一種禁忌？」向來想像力豐富的宮成茜已經在腦海裡編織各種可能性了。

「噓，先別說這些了，茜。」月森將食指抵在自己的唇前，小聲地示意宮成茜。

繞過紙醉金迷、酒氣薰人的營業區域後，接待小姐最後駐足在一扇偌大的桃花心木門扉前。

「老闆就在這扇門後，請兩位稍後。」頂著一頭大波浪金色捲髮的接待小姐禮貌地道，便先行敲門進入通報。

人高馬大的保鑣繼續盯守著兩人。

「就快要見到法蘭西斯卡……人稱『色欲圈歌舞伎町女王』的大人物……」

「茜，我怎麼不曉得有這樣的稱號？」月森困惑地眉頭微微一皺。

「咳，這是我腦補的綽號，你有意見嗎？」宮成茜沒好氣地瞪了月森一眼。

月森有時還真像隻呆頭鵝一樣遲鈍。

只是宮成茜這麼一說，馬上招來後頭保鑣的注目……一直是欺善怕惡最佳典範的宮成茜立刻噤若寒蟬。

很快地，接待小姐便從門後走出，邀請宮成茜和月森進入。

當宮成茜一踏進這間寬敞的辦公室時，第一眼所見，就是躺在正前方長椅上、抽著水煙的女性。

房裡瀰漫著裊裊的白色煙霧，視線所及之處皆籠上朦朧面紗，空氣中更充斥著一股濃郁的胭脂香氣……以及酒精的氣味。

慵懶地躺在長椅上的女人慢慢轉過身。她穿著一襲寬鬆長袍，擱下煙管，用略帶沙啞的嗓音開口道：

「活人與死人的搭檔，真是少見啊……尤其是這位女士，妳穿越如此幽暗的地方來造訪我們，看在妳如此努力的分上，我願意回答妳的問題。」

「妳……就是這間店的老闆，法蘭西斯卡？」宮成茜沒想太多，反射性地拋出她的第一個問題。

面前的女子幽幽地答：「我正是法蘭西斯卡，生前是波河入亞得里亞海口的拉文納之民，如今則如妳所見，是惡魔的夜之館老闆。」

法蘭西斯卡有著一頭長至臀部的紅色長捲髮，雖看得出有些年紀，依然不減她勾人攝魂的魅力。

「我聽說了，你們想找色欲圈的把守者對吧？我可以告訴你們，關於他的所有事情……但是，恐怕你們將白費工了。」

「這是什麼意思？妳難道相當熟悉色欲圈的把守者？」宮成茜眉頭一蹙，不解地問。

法蘭西斯卡輕笑出聲，那張被歲月鑿刻卻依然美麗的臉孔，在這一瞬間出現一種苦澀又無奈的笑容。

「呵，當然熟悉，但我大概也是全地獄裡與他最陌生之人……你們要找的把守者，正是我的丈夫——保羅。」

「法蘭西斯卡跟保羅……你們的故事，我好像聽過……」

宮成茜一聽到這兩個人名，腦海裡便浮現先前曾在書上看過的資料。

根據但丁《神曲》一書，法蘭西斯卡被父親強迫下嫁給貴族央西托，央西托因容貌醜陋怕她不願意，便要他的弟弟保羅來求親。俊美的保羅讓法蘭西斯卡一見鍾情，結了婚後她才發現自己被騙了。

保羅同樣深愛著法蘭西斯卡，兩人便發展出不倫的關係。央西托發現後，氣得把兩人一起殺了。

兩人相愛的悲劇如此可歌可泣，但是，死後來到地獄的法蘭西斯卡竟成了色欲圈歌舞伎町女王？而與她如此相愛的丈夫保羅……又怎麼會放任自己的妻子？

依宮成茜的直覺和觀察，法蘭西斯卡和保羅這對夫婦間，似乎存在著某種問題。

宮成茜低頭沉思了一會，直到月森的聲音將她思緒拉回：

「茜，妳在思考什麼？」

「我只是回想以前看過的故事，關於法蘭西斯卡與保羅這對夫婦的來歷。」

宮成茜隨後又轉頭看向前方的法蘭西斯卡：

「法蘭西斯卡，可否請妳告訴我，妳的丈夫現在人在何處？我想要通往地獄的最深處，就必須要有色欲圈的把守者幫我打開下一層通路。」

「那妳真是問錯人了，就算全地獄的人都知道他的下落，他也唯獨不會讓我知道。」法蘭西斯卡嘴角浮上一抹諷刺的笑，「孩子，我雖為一家酒店的老闆，旗下也擁有無數美豔動人的女郎，保羅那傢伙卻狡猾得很，絕對不找會與我有所接觸的女人。妳想找保羅？他可能正醉死在某個女人的懷裡，又或者正在前往另一家風俗店的路上吧！」

呃，真是令人意外的發展呀……宮成茜有些汗顏地看著法蘭西斯卡。

當年愛得死去活來的不倫夫婦，最後也禁不起外遇跟婚姻危機嗎？

地獄裡不只物質環境發展得很商業，就連現代人的兩性婚姻問題也一樣血淋淋地發生呀！

「換句話說……我們現在必須自己找到保羅，是嗎？」月森總結。

「如果你們找得到他的話，就是這麼一回事了，俊美的孩子。」法蘭西斯卡聳了聳肩，再度將水煙煙管放入口中，好像對於自己丈夫的去向已經絲毫不關心。

「真是好奇你們之間到底發生了什麼事，怎麼會演變至此呢……」宮成茜不禁搖了搖頭，惋惜地嘆道。

「我們也只是凡人，就算墮入地獄，也終究還是受制於七情六欲。關於把守者，我也只能說到這了。你們若不想離開的話，也可以留下來在店裡消費哪。」

「不用了，我們這就出發找尋保羅。噢，對了，若有消息也會第一時間通知妳。」宮成茜直接拒絕法蘭西斯卡的提議，便拉著月森要離開這棟惡魔的夜之館。

法蘭西斯卡也沒為難他倆，只是用一抹別有深意的神祕笑容目送兩人離去。

來到外頭的宮成茜雙手扠腰，詢問身旁的月森：「這下好了，我們要從何著手找起啊？」

「還是用最原始的方法，到處打聽吧！」月森同樣別無他法。

兩人開始在色欲圈歌舞伎町中打聽關於保羅的消息。

他們臨走前，法蘭西斯卡請保鑣交給宮成茜一張保羅的照片，照片年代久遠還是黑白的。

在這種情況下，宮成茜只得拉住一個個路人、亮出保羅的照片詢問。至於月森手上沒有照片，只能大致描述五官特徵尋人。

時間飛逝，體力也逐漸消耗，宮成茜和月森都切身地體會到為何連法蘭西斯卡都不知道保羅的下落……

彷彿這個色欲圈歌舞伎町，從未有過保羅這號人物！

「保羅根本消失在這個地獄裡了吧？該不會上天堂了？不，不可能的，會搞外遇的男人怎能上天堂……」

眼看夜色漸深，宮成茜依然不知何去何從，忽然間有道身影與她用力擦撞而過。

「喂，你走路不看路啊……！」宮成茜本想痛罵，卻赫然被對方的神情嚇著

——一名頭髮蒼白的老邁男子，眼眶又紅又腫，眼角猶有淚痕。

「抱、抱歉，我實在是太心急了，所以才……」老先生的雙手緊緊抱著一包紙袋，裡頭只有兩條硬邦邦的麵包，顫抖的聲音明顯帶著恐慌。

「老先生，撞到我不打緊，倒是你是怎麼了？」討厭小孩、相反地對於老人家特別有愛心的宮成茜馬上關切。

「沒、沒事，我真的沒事，謝謝這位小姐的關心……」老先生別過目光，緊繃與慌張仍明顯地刻在他蒼老的臉上。

「你沒事，那應該就是你的親人有事囉？」宮成茜馬上抓到一個切入點。

「這……唉，確實是我家人的事……我那可憐的小女兒……」

「老先生你先別難過，到底發生什麼事了，你好好跟我說。」眼看對方眼眶泛起淚光，最受不了老人家哭的宮成茜心頭一陣酸楚，有些不知所措地急著安慰對方。

同時，在另一端忙著找人探問消息的月森，也注意到宮成茜這邊的狀況，便轉身走過來。

這位老先生名叫柯恩，是住在色欲圈歌舞伎町邊郊的一位老農，他傷心無措的原因是——他的小女兒艾莉今晚將被人強娶回去！

一個星期前，一個素昧平生的男人在柯恩家門口丟下一筆錢和一封信，信中說明此為聘金，一個星期後的今晚便要迎娶艾莉。

宮成茜聽了當然難以接受。她安撫著激動得掩面哽咽的柯恩，道：「不然，我們來幫你解決那個可惡的淫魔吧！剛好我跟身旁這位月森哥今晚沒有落腳處……可以的話，能讓我們暫住在你家，同時幫你處理艾莉的問題，好嗎？」

宮成茜說完眼神望向月森。他點了點頭，表示贊同宮成茜的作法。

縱使宮成茜沒有詢問，他也會毫無條件地答應，因為他向來都是最支持宮成茜的人。

柯恩老淚縱橫地抬起頭來，彷彿看到救世主般地望著宮成茜：「你們……你們真有辦法解決？」

宮成茜撓了撓後腦勺：「雖然不敢百分之百保證，但要痛扁那個淫魔一頓應該不成問題，我也另有其他法子。柯恩老爹，你就信我一次吧！」

「我明白了……那麼，我家艾莉就麻煩你們了……嗚嗚……」

「沒問題，包在我宮成茜的身上！」

宮成茜和月森便隨同柯恩，回到他在郊區的民房。

此處果真是非常窮僻之處，柯恩所住的房子與在色欲圈歌舞伎町中心所見高樓大廈、豪宅或華美店面截然不同，彷彿是來到另一個世界般。可是只要宮成茜眺望遠方，就能清楚看見那一棟棟高聳的大樓。

宮成茜不禁感嘆：「柯恩老爹真是不容易啊……」

在這種懸殊的條件下要種田養家活口已夠辛苦，如今還來個登徒子強娶民女。身為女性主義的擁護者，宮成茜無法接受，勢必要替這可憐的柯恩一家吐一口氣。

月森從以前就很清楚宮成茜的性子。茜雖然平常為人有些過於直白、常常搞不清楚狀況，可是她富有同情心與正義感，且行事作風果敢……這也是他如此欣賞茜的原因之一。

柯恩率先推門而入，對著幽暗的室內喊話：「艾莉，有客人要來我們家住上一晚哦。他們說可以幫妳解決今晚的婚事哪！」

不久，裡面傳來一道弱弱的聲音：「……真的？他們真能幫我？」

艾莉從黑暗的房間內走出，害怕又膽怯地看著隨同柯恩一起進門的宮成茜與月森。

宮成茜走上前，朝著方才走出來的艾莉伸出手，「是的，作為柯恩老爹讓我們借住的回報，我們會幫妳解決那個可憎的色魔。」

艾莉怯怯地低下頭來，也沒有回應宮成茜的握手示好，便一古腦兒地跑回自己的房間內。

「啊……跑掉了呀……」宮成茜的手還懸空著在原位不動。

柯恩馬上代替艾莉道歉：「抱歉抱歉，我家艾莉就是怕生……也真不曉得，她幾乎足不出戶，怎麼會莫名其妙地被那傢伙看上呢……」

柯恩說完又嘆了長長的一口氣，接著像是突然想到什麼：「啊，兩位應該也渴了吧？雖然我家沒有好東西招待，兩位不嫌棄的話我去倒水！」

話音一落，柯恩便跑進廚房，小小的客廳中只留下宮成茜與月森。

「我現在能夠理解為何艾莉會遇上這種事了……」宮成茜雙手抱胸，頻頻點頭。

「是嗎？為什麼？」月森眨了眨眼，一臉疑惑的表情。

宮成茜訝異地回應：「月森哥，你剛剛不是看到艾莉了嗎？她長得亭亭玉立又楚楚動人，加上那一對白色的毛茸茸兔耳，實在太萌、太可愛了！」

回想起方才驚鴻一瞥，黑長直屬性以及柔美精緻的臉龐，再加上彷彿角色扮演般的一對兔耳……如果她是男人也會受不了啊！

只是話說回來，她的老爸柯恩明明沒有兔耳啊？

「嗯，我覺得茜比較迷人。」

「咳！」

宮成茜立刻被自己的口水嗆著。

「月森哥，你說這話時還真不害臊啊……」

宮成茜用手背擦了擦嘴，別過臉去，不想讓月森看見自己發紅發熱的臉。

此時，柯恩剛好將茶水端來：「剛剛聽到宮小姐提到我家艾莉的兔耳對吧？那是因為內人出身玉兔族。」

「玉兔族？話說回來，我們還沒見到你老婆耶。」宮成茜納悶地問。

柯恩眼簾低垂，臉色一黯：「嗯，內人生下艾莉後，就因失血過多而撒手人寰了……」

「啊……抱歉，我沒想太多就問出口了。」

面對宮成茜的致歉，柯恩搖了搖頭：「沒關係，兩位先坐下喝點水吧。對了，回家前聽宮小姐說有了盤算，可否告知呢？」

宮成茜拿起柯恩端上來的水杯喝了一口，回應：

「柯恩老爹，我的完美痛扁淫魔計畫是這樣的……」

入夜，狹小的閨房內，女孩挑著油燈，振筆在牛皮紙上寫下一行又一行的字……

那道背影頭上有一對白色的兔耳，身形在昏暗的燈光中看不太出模樣，她的臉蛋卻非原先那名神情膽怯少女——而是面目猙獰地埋頭趕稿的宮成茜。

計畫的第一步，就是由她來假扮艾莉！

等那個淫魔上門，她就立刻亮出「破壞F4紅外線」將那傢伙打得半死，看他還敢不敢強娶民女！

刻意將燈光調得昏暗不清，便是為了要掩飾自己與艾莉之間的差距……乍看之下應該是分不太出來。

只是不知道淫魔什麼時候到來，宮成茜也不想一味等待，便拿起牛皮紙開始撰寫預定今晚要繳交給阿斯莫德的進度。

寫著寫著，宮成茜暫停筆，抬起頭喃喃自語：「……該不會就是阿斯莫德那老色魔來強娶民女吧？對，這很像是那傢伙會做的事！柯恩老爹提過，艾莉當時瞥到一眼那名色魔的長相，聽說乍看也挺俊美的……」

宮成茜握緊雙拳用力一搥桌面，「果然，阿斯莫德的嫌疑很大啊！」

「妳說誰有嫌疑啊？」

宮成茜一聽到聲音馬上回頭驚呼：「是你，淫魔阿斯莫德？」

阿斯莫德於宮成茜的面前現身，一如既往地散發著優雅高貴的氣息。

他眉頭一皺：「一見到人就喊淫魔，妳會不會太失禮了點？我阿斯莫德好歹是地獄四天王之一，宮成茜妳不能稍微尊重我嗎？」

「要我尊重，也要是個值得尊重的人吧？你這傢伙既然是什麼四天王，為何還要強娶可憐的小女孩！對這麼小的女孩出手你的良心是黑到哪裡去了！果然是惡魔！」宮成茜一點也不甩對方的高姿態，繼續維持她不饒人的態度。

「什麼？強娶？妳是不是誤會了什麼？不管本王想要任何女人，只要勾一勾手指就會自動靠上來，需要強娶嗎？而且本王才沒有幼女控，那個艾莉又是哪個艾莉？還有，我本來就是正宗的惡魔，我就把妳這句話當作稱讚了。」

「還哪個艾莉咧……你到底玩弄了多少女性的身心啊……」

宮成茜翻了個白眼後繼續逼問阿斯莫德：「喂，難道你真的不知道艾莉？想強娶艾莉的真的不是你？」

阿斯莫德頗為無奈地回答：「本王從未強娶過任何人，更不知道妳說的艾莉是誰，本王今日前來只是來跟妳收稿件而已，這樣妳明白了嗎，宮成茜小姐？」

宮成茜訝異地睜大雙眼問：「真的嗎？」

宮成茜還想繼續追問下去，此時外頭忽然傳來一陣腳步聲，她立刻警戒起來坐回椅子上。同時阿斯莫德也消失得無影無蹤。

那個可惡的阿斯莫德居然跑了？還以為那傢伙可以幫她個忙……！

只是憤怒歸憤怒，這個不速之客也正好證明了阿斯莫德的清白——真正騷擾艾莉的色魔另有其人！

「哎唷……我家的艾莉醬，妳已經乖乖坐著等我來啦？」

喝得醉醺醺而含糊不清的聲音在房內響起，伴隨著一陣撲鼻的酒氣，還宮成茜覺得一陣噁心的寒顫立刻竄過全身。

為了讓計畫順利完成，她忍住想反胃感，僵硬著身子坐在原位不動，等待對方步步接近。

啊啊，真是有夠臭的酒氣……這傢伙還打嗝！夠了哦！

在光線昏暗的小房間內，宮成茜無法看清對方的容貌，但從那深邃的五官陰影來看，此人應該真如艾莉所言是個還算俊美的男人。只是那渾身酒臭與說話態度，讓宮成茜打從心底反感。

男人來到宮成茜的面前，伸出手想要挑起她的下巴：「艾莉醬，讓我看看妳可愛清純的臉龐吧……」

宮成茜馬上扭過頭去，甩開對方的手。

想不到對方又道：「哎呀，艾莉醬，我們都要成為夫妻了，怎麼還如此害羞呢？」

宮成茜心裡怒回：誰要跟你這淫魔成為夫妻啦！想得美！

不過宮成茜表面上仍沉默不語，一直閃避著對方的調戲。

只是僵持半天未能得手，對方似乎也有些不耐煩了，突然抓住宮成茜的手摺話：「喂，女人！別給我不知好歹啊！洞房花燭夜妳這是什麼態度？」

宮成茜的手被用力地拽起，痛得讓她頓時皺起眉，可依舊忍耐著沒有出聲。只要再忍一下，看清這傢伙的真面目後，她就會下暗示，讓屋外埋伏的月森進入聯手痛扁這男人一頓！

宮成茜忍氣吞聲，就怕對方聽過艾莉的聲音。只是她這份強忍的堅持，卻換來對方更躍升的火氣。

「敬酒不吃吃罰酒是吧？今晚是新婚之夜，妳若不想好好來，我這就要了妳也算合理！」

一個冷不防，對方竟用力地一把將宮成茜推倒在床上，兩手壓制在她兩側！

宮成茜終於忍不住出聲怒斥：「快放開我！」

想不到對方一點也不驚訝，大笑道：「哈！我就覺得奇怪，果然妳不是艾莉醬……不過也是個不錯的女人……反正燈關了都一樣，妳要自個兒送上門我也不客氣了！」

既然已經被識破，再這樣下去可不行，於是宮成茜馬上大喊：「月森哥！」

想不到呼喊了半天，外頭竟毫無反應，宮成茜錯愕。

對方賊笑道：「哈哈哈，妳當我這麼傻看不出埋伏嗎？妳安排在外頭的男人，已經被我施法徹底昏睡過去了。就算妳叫破喉嚨，也不會有人來救妳！」

宮成茜大驚，想抽出武器反抗對方，誰知雙手都已先一步被對方架住，她根本動彈不得，就像砧板上的魚任憑宰割。

在極近距離下，宮成茜也稍微看到對方的長相，雖然無法完全看清，但總有一種說不上來的似曾相識。

對方壓制著宮成茜，低頭將鼻尖湊到宮成茜的臉旁，若有似無地輕輕磨蹭。

宮成茜皺緊眉頭、扭曲著臉部表情想要閃躲，卻敵不過男人的力氣。對方更刻意在宮成茜耳旁輕輕吹吐灼熱的氣息，讓她當下一陣從腳底竄上腦門的發麻！

對方壓低嗓音對著宮成茜道：「妳喜歡溫柔一點還是粗暴一點呢？唉，我個人偏好憐香惜玉。只要我繼續撩撥下去，妳這棵鐵樹也會願意為我開花吧。」若非對方是這種可憎惡徒，他的嗓音確實有磁性而迷人。

宮成茜緊閉雙眼，她第一次被這樣對待，雙腿都不爭氣地發軟。更何況對方是個可怕的床事老手，知道如何能讓女人的身體卸下武裝。

這時，男子伸出舌尖，輕舔了宮成茜的耳郭。宮成茜的體內瞬間彷若有電流竄過，身軀不由自主地顫抖。

看到這一反應，對方似乎十分興奮：「哦？看來妳比我預期的還要敏感啊……真有趣，而且看起來還是個沒有經驗的生手？放心，我會好好引導妳的……」

宮成茜扭動著身子拚命掙扎，可是對方好似施了法，她的身體在對方的操弄下越來越無法自拔……

同時，男子往下進攻，直挺的鼻梁觸及宮成茜頸項、鎖骨。零星的吻與輕如鴻毛的觸碰，輕輕撩起宮成茜體內的躁動感，有什麼正在蠢蠢欲動……這傢伙的技巧真是好得有夠可怕！

隨著對方持續下探與游移，宮成茜幾度差點喘息出聲。她緊咬著下唇不讓聲音發出，心裡明白僅僅一聲，都會讓對方更為亢奮。

「真是不可思議啊……妳身上有活人的味道……這充滿誘惑力的滋味真是讓我更加難耐……！」

宮成茜雖在心底怒回「難耐你個頭快收起這些噁心的話」，然而身體卻依然無能為力地受控於對方掌中。

就在宮成茜快要招架不住之際，忽然有一顆火球飛入房中，懸空飄浮於半空之中！

男人停下動作，愣愣地轉頭看向火光之處，被他壓在床上的宮成茜也抬起頭來看著那團火球……

嚴格來說那並非火球，而是一隻燃著火焰的紙鶴！

「紙鶴……?」

宮成茜納悶之際，不知從何處傳來一道聲音：「罪惡之人，膽敢用如此粗魯失禮的方式對女性出手，實在太過分了！」

「是誰?!」

對方東張西望的同時，宮成茜便趁機用力推開男人跳下床。對方一見宮成茜掙脫，便立刻舉起手來、似乎打算施展術法。想不到那道聲音又響起：

「你別想！」

擎著火焰的紙鶴瞬間飛射向男子，撞擊的剎那男子身上立刻起火。伴隨著哀號聲，屋內頓時一片大亮。

「哈，知道怕了吧！」

這道聲音聽著有些似曾相識，但宮成茜一時想不起來是誰。

此時，男人終於弄熄身上的火，抬起頭來惡狠狠地瞪向宮成茜。

「妳這該死的女人，原來還找了其他幫手！」

「我可沒找月森哥以外的幫手啊……等等，你看起來超級面熟的……啊啊啊啊！」

宮成茜看清對方容貌，當下驚呼：「原來是你——保羅！」

那個眉眼、那個髮色、那個五官輪廓和身形……全都和法蘭西斯卡提供的照片一模一樣！

原來她和月森尋尋覓覓找了這麼久的色欲圈把守者、法蘭西斯卡的丈夫保羅就在眼前！

被宮成茜這麼一叫，男人也愣了一下，馬上收起原先強勢又無禮的態度，驚慌地壓低音量：「妳、妳知道我是誰？」

宮成茜直指著保羅大喊：「我不只知道你是誰，還曉得你是個負心漢兼淫魔！你可知道法蘭西斯卡等你多久了嗎？」

「法蘭西斯卡……妳是那老女人派來抓我回去的嗎？可惡，沒想到我在外躲了這麼久，還是被她逮到了……！」

「你束手就擒吧！基於人情，我會將你送回法蘭西斯卡面前，不過我可先聲明，我們可不是為了你老婆而來……」

宮成茜話還未說完，保羅便立刻抽出一把長劍，亮晃晃地擋在自己胸前，冷冽的劍鋒直指宮成茜。

「別想！我不會回到那老女人身邊！我受夠她了！」

宮成茜心下錯愕。

這傢伙是有多不想回去見自己的老婆？

故事裡曾經那麼相愛、甚至不惜悖德的夫妻，究竟發生了什麼事？

不過這並非此時的她所關心的。既然保羅要動武，她宮成茜也不會乖乖放他走！

宮成茜召喚出「破壞F4紅外線」，將這把引人注目的法杖對準持劍之人，正氣凜然地對保羅高喊：

「保羅，我要把你欺負艾莉與騷擾我的這兩筆帳——變本加厲地討回來！要戰就戰吧！」

「妳、妳這是什麼態度？一個女人家居然膽敢虛張聲勢！說起來，那可憎的法蘭西斯卡，也是這副嘴臉……」

保羅的話音甫落，便有另一道聲音插入：

「對女性這麼不尊重，剛剛應該要多送你幾隻紙鶴才對……喔，差點都忘了，你早已是地獄裡的亡魂，燒也燒不死，不過倒是能讓你多嚐嚐被火焚燒的痛苦。」

此話一出，這道聲音的主人帶著另一只擎著火光的紙鶴進房，火光頓時照亮屋內的一切，宮成茜終於見到這名意外幫手的真面目——

「你……長毛短腿臘腸狗！」

「什麼長毛短腿臘腸狗！妳這是對救命恩人該說的話嗎？我叫姚崇淵！是姚氏天師第十六代傳人！」姚崇淵氣得兩頰漲紅，怒聲駁斥。

不過他大概不曉得，如此暴跳如雷的反應看在宮成茜眼底……活脫脫一隻神經質的臘腸狗。

「哦，對啦，就叫做那個什麼姚崇淵。你來得真是正好，快收掉這個淫魔！」

宮成茜向姚崇淵彈了下指頭。

「一想起我的名字跟身分就馬上叫我收妖……妳這女人根本只想利用我吧！」

姚崇淵憤怒地看著宮成茜。

「喂！你們聊得很開心嘛？我好歹是色欲圈的把守者，不許你們這麼無視我！」保羅暴躁地插話，無法容忍他們不將自己放在眼底。

「怎麼辦，地獄色欲圈的把守者在對我們放話呢？」宮成茜依舊面對著姚崇淵，一手扠腰一手拄著法杖，眼神不耐煩地瞄向保羅。

「那就只好把那個把守者打得屁滾尿流，像妳說的準備收妖啦！」

姚崇淵此話拋出，兩人即將聯手。

「破壞F４紅外線，死光執行！」宮成茜率先發動攻擊。

當破壞死光一出，立刻將保羅後頭的牆壁炸開一個洞。

驚險閃身而過的保羅驚恐地看向宮成茜：「妳、妳這人類怎會有這等力量！」

法杖的威力極為強大，這股力量來源顯然不簡單！

「哈，誰叫你逼我出手呢？被我嚇到了吧？」宮成茜挺起胸膛，一副無畏的模樣。

「得意什麼啊……從我打聽到的消息來看，八成是四天王之一的阿斯莫德賦予妳的力量吧……」姚崇淵搖了搖頭，對於宮成茜這種態度真是不想吐槽都不行。

「長毛短腿臘腸狗，不說話怕別人以為你不會吠嗎！」宮成茜馬上瞪向姚崇淵。

「妳、妳又那樣叫我?!好啊，我不幫妳了，看妳怎麼辦！」

「哈啊？我又沒拜託你幫我！況且你一進入色欲圈歌舞伎町後就失蹤了，誰還會記得你的存在！」

兩人你一言、我一句地展開唇舌攻防戰，保羅再度被他倆忽視。氣憤歸氣憤，但機會難得，保羅趁機跳窗而出！

「啊，那傢伙跑掉了！」宮成茜驚呼。

「急急如律令，紙鶴聽我之令，快攔住那名男子！」姚崇淵連忙拿出紙鶴施展術法。

然而保羅也非省油的燈，顯然長期逃跑的經驗豐富，他施法召喚出一隻黑色的大鳥，躍上鳥背！

「糟糕！」眼看到手的鴨子就快飛走，宮成茜急得如熱鍋上的螞蟻。

忽然，才剛坐上大鳥的保羅被一道冰寒之氣擊中，從半空摔落而下！

一道低沉的男性嗓音響起：「既然茜不允許你逃跑，你就別想逃出我的手掌心。」

一名神情冷漠如冰山的俊美男子，正手持一把散發寒冽之氣的西洋劍，直指在保羅的咽喉。

保羅嚥了嚥口水。他知道，這一次是真的逃不掉了。

第七章

冤家路窄，
地獄裡也能狹路相逢

Tuning Demon Project

替死鬼宅急便的宅配人員一手壓住帽沿，一手拿著單號對著惡魔的夜之館門口高喊：「宅急便，有法蘭西斯卡女士的包裹！」

夜之館的接待小姐從店內走出，代替老闆娘簽收保裹後，便看到宅配人員雙手打開貨車後方的鐵門，吃力地扛出一件足足有成人體型大小的包裹。

接待小姐立刻跑回店裡搬救兵。

兩名保鑣抬著這件大型包裹走入店內，客人與正執業的女郎們無不用好奇的目光紛紛投向此物。

這麼巨大的包裹，裡面究竟是何物？

保鑣們和接待小姐將包裹送至法蘭西斯卡的辦公室。向來慵懶躺在長椅上抽著水煙的老闆驚訝得張開口，夾在指縫之間的煙管也鬆脫。

「你們統統別動手，這包裹必須由我親自拆開。」法蘭西斯卡從長椅上起身，帶著嚴肅的神情走向這個大型包裹。

她花了一番工夫將外頭的紙箱拆開，裡頭竟是一個被套了黑布、貼著黃色符咒、並用繩索緊緊綑綁的物體。

乍看之下……這東西的形狀似乎還有點像人體。

「嗚嗚……」被黑布裹住的物體，發出了微弱的嗚咽聲。

這聲音……難道是……！

法蘭西斯卡立即拆下符咒與黑布。黑布取下的瞬間，立刻驗證她的猜測。

「果然是你——保羅！」

夜深人靜，宮成茜坐在書桌前埋頭趕稿。

靈感被奪走的她，雖不是完全寫不出任何一個字，但寫起來就是看不順眼。在客戶（地獄之主路西法）的要求下，她必須將地獄遊歷寫成一篇輕鬆逗趣、吸引讀者目光的輕小說。可在這種靈感匱乏的情況下，她就是寫不出感覺對的內文！

她看著稿紙上的這段對話內容：

「我是地獄的看板娘小舞，喵！」

可愛的地獄看板娘小舞，雙手握成拳狀、刻意地擺在兩頰前賣萌。

「我是替死鬼宅急便的公關，來地獄旅遊若有行李需寄送，歡迎找我們。是說，小舞，妳以為『喵』個一聲就可以替地獄做行銷廣告嗎？偉大的地獄之主晨星‧路西法大人會難過的。」

面無表情的替死鬼宅急便男公關毒舌地道。

「喵嗚！居然這樣說小舞！小、小舞可是很認真在推廣地獄啊！」小舞難過的淚水都在眼眶裡打轉了。

「對了，我從以前就一直想跟妳說，妳真的不適合裝扮貓女路線。順帶一提，我們公司的接待喵小姐，比起妳更合適。」男公關依然毫無表情地回應心靈受創的小舞。

簡稱「地獄娘」的小舞，做為地獄首席看板娘的人生已長達三百年。她在這一刻起，開始懷疑起自己的價值與存在意義。

地獄遊記，就此沒有人氣地獄娘小舞這個角色的存在。

——全文完

「……這段文章要是給路西法看，我大概真的無法活著走出地獄了。」

這種節奏、內容和對白……以她專業的輕小說家眼光來看完全無法接受啊！

她以前的編輯看到大概也會想哭吧！

「但我就是沒靈感啊，可惡！」宮成茜胡亂地抓著頭。

她好希望親愛的靈感大神快快回歸。為了拯救被封印在地獄最深處的靈感，就算得扮演出生入死的勇者，她也在所不惜！

為了往地獄的最深處前進，宮成茜不久前已將關鍵人物——色欲圈把守者保羅——用限時宅急便的方式寄回老家。

她相信法蘭西斯卡閱讀過自己隨「貨品」附上的信件，很快會替她處理完後續。

信中內容大抵是，她找到保羅並原封不動地寄送回去，綁在保羅身上的符咒防他逃脫。她宮成茜要的回報並不多，僅希望能讓保羅為她打開通往下一層的通道。相信法蘭西斯卡會實現她的小小願望……無論她是用什麼樣的手法讓保羅答應。

現實情況也正如宮成茜的預測。沒多久，法蘭西斯卡便派人送來一封回信。拆信一看後，宮成茜的嘴角彎起了滿意的弧度。

與其煩惱今天寫出的這種稿子，她還是快快找月森哥一起去見法蘭西斯卡吧！

噢，對了，現在同行的還多了個姚崇淵。

雖然不是很想讓這隻長毛短腿臘腸跟團……不過，看在此次他居功厥偉的分上就放行吧！

宮成茜一行人再次來到惡魔的夜之館。

這次顯然和第一次踏進此地的待遇截然不同，兩列排開的花樣女郎和帥氣男公關面帶笑容地盛大歡迎他們！

被一路恭送進入法蘭西斯卡的辦公室後，宮成茜一行人看到了保羅的現況，實在是忍不住嘖嘖稱奇，堪稱一絕奇景。

保羅此刻像條狗般趴坐在地面，一見到宮成茜的身影立即站起身——然而還是讓兩條腿彎曲蹲立、雙手匍匐在地的模樣！

除此之外，保羅的脖子上還多了一個黑色鉚釘鐵項圈，項圈連接著一條看似相當沉重的鐵鍊，鐵鍊的另一端……正是法蘭西斯卡的手中。

「你們來啦，歡迎來見見我新豢養的狗，是你們把他抓回來的呢。」法蘭西斯卡一手拉動鐵鍊，面帶笑容地從長椅上起身。

「法蘭西斯卡……」宮成茜不可置信地道。

旁人原以為看到這一幕的宮成茜應該震驚不已，沒想到下一秒她卻回：

「真是厲害呢！居然想到用這種方式對待這個淫魔負心漢！」

「呵呵，宮成茜，我也稍微打聽了一下妳的事。像妳這麼有趣的人，日後要是重返人間多可惜啊。不過妳放心，將保羅帶回來的這份恩情，我法蘭西斯卡一定會償還。」

法蘭西斯卡又扯動了一下鐵鍊，只見保羅痛得眉頭皺起卻不敢吭聲。法蘭西斯卡便向他道：「喂，現在就帶我們去那個地方吧。當然，你得爬過去，當狗就要當得稱職。」

「好可怕的女人啊……還好我沒有得罪她……」姚崇淵戰戰兢兢地嚥了嚥口水，趕緊拿出隨身攜帶的罐子大灌一口牛奶壓驚。

「還好，茜不是這樣的人……雖然我也有點擔心她會跟法蘭西斯卡學壞。」月森難得和姚崇淵有志一同，心有戚戚焉地道。

「那就走吧，我可是期待很久了呢！保羅狗狗，接下來就麻煩你啦！」宮成茜壞心地朝保羅一笑。

不管是在地獄或人間，負心漢都是女人的共同敵人。

保羅氣得牙癢癢，卻也深知自己的處境，只得硬著頭皮用跪爬的姿態帶領宮成茜前往。

通往下一層地獄的通道距離惡魔的夜之館並不遠，只不過穿越了幾條巷口、走入一條地下道、翻開一個水溝蓋跳進去後，膝蓋都磨破皮的保羅便聲稱已經抵達。

「什麼嘛，原來通道居然在地下水道裡！」宮成茜沒好氣地雙手抱胸抱怨著。不過這也表示大概真是許久無人從色欲圈進入到下一層吧？不然怎會在這種地方興建起地下水道？

這個把守者保羅實在太怠忽職守了！

「這裡的味道好難聞……」月森一邊說，一邊把鼻頭貼近自己腕上的保冷袋，不斷用力嗅聞。

「我說月森哥……保冷袋對你來說還有充當空氣清淨機或香包的功能嗎？」宮成茜用無奈的眼神望向月森。

大伙還在嫌惡地下水道的惡臭時，保羅受到法蘭西斯卡的命令，暫且以兩腳站起，對著前方施法。

在保羅施展術法之後，光芒散去，眾人眼前赫然出現一條平坦寬敞卻略幽暗的道路，地面則有著指示：通往地獄第四圈。

宮成茜拜別法蘭西斯卡，感謝她的協助。法蘭西斯卡則笑道：「彼此彼此，合作愉快。」又刻意拉了拉栓在保羅頸項上的鐵鍊。

目送著宮成茜一行人逐行漸遠，保羅的嘴角卻勾起了一抹笑……

通道極為陰暗，宮成茜要姚崇淵施展那招紙鶴燃燒的法術，照亮前行的道路。雖然這裡很符合地獄的印象，可總讓她覺得有種不祥的氛圍。

這讓她想起以前很愛看的美國影集：世界末日後，大道上只有主角孤身一人，卻突然遭受殭屍的襲擊。

宮成茜想像著，表情不斷變化，雖然沒有把話說出口，但瞭解她的月森卻看出了端倪。

「茜，妳現在一定在腦補什麼亂七八糟的情境吧?比如把妳之前看過的影集內容套用到我們的處境。」

「咦!月森哥你會讀心術啊?」

月森淡然地搖了搖頭：「不，是茜妳太好懂了。」

自己的想法如此容易被看穿，宮成茜有些不甘心，彆扭地撇過頭去面向一直沒回話的姚崇淵。

「我說，長毛短腿臘腸狗，你剛才沒聽見我說的話嗎？快點施法點亮紙鶴為我們帶路吧！」

姚崇淵一手挖了挖耳朵、彈了彈耳屎，一副不以為然的表情：「嗯？有嗎？妳剛剛有跟我說話？妳剛才不是在叫一條狗？」

宮成茜深吸一口氣，忍住想要發火的衝動，僵硬地露出笑容道：「麻煩姚崇淵先生行行好，發揮您姚氏天師的專業能力，用紙鶴照亮這條通路好嗎？不然這裡那麼暗，有人跌進什麼坑洞裡就不好了呢。」

姚崇淵沒有馬上回應，而是又喝了一口牛奶。宮成茜翻了個白眼。臘腸狗隨時隨地都有牛奶可喝，就像月森哥腕上的保冷袋隨時都維持冰涼狀態……為何她身邊聚集的都是怪人啊？

姚崇淵裝模作樣地道：「如果妳願意喊一聲『姚天師高大成熟穩重帥氣最棒了』……我可以考慮考慮。」

宮成茜這下實在忍無可忍了：「姚崇淵你這個臭小子短腿幼稚又輕浮好色哪裡最棒了！不要欺人太甚哦！」

姚崇淵也氣得像隻毛都豎起的貓，對著宮成茜回吼：「啥！妳這自命不凡的女人膽敢這麼說我！」

「怎樣？誰叫你態度這麼囂張！」

「宮成茜，妳這女人怎會如此不可理喻！」

這對冤家就這麼你一言、我一語地爭得面紅耳赤，完全沒注意路況或周圍。

走在兩人後方的月森忽地大喊：「小心！」

但因為通道內過於昏暗，月森看到時也慢了一步——

「哇啊啊啊！」

宮成茜和姚崇淵一個踩空，滾進腳底下的窟窿之中。兩人身子不斷下滑滾動，完全沒有著力點可攀扶減緩落勢，這個黑暗的大洞彷彿深不見底。

「這個洞到底有多深啊！」宮成茜哀號道。

不知道這樣墜落的情況還要持續多久？

只是等她好不容易滾出了這長長的深洞之際，頭卻撞到一塊硬物。她瞬間昏了過去。

宮成茜現在的臉比排水溝還臭，在心底無數次咒罵那隻長毛短腿臘腸狗。

對，就是那傢伙害的！

「如果不是你堅持不用紙鶴照亮，我怎麼會沒看見凹洞！」

「怪我囉？明明就是妳顧著跟我吵架才會沒看見，害我遭池魚之殃！」

「請別再吵下去了，兩位……看清我們的現況好嗎？」月森略感無奈地勸架。

茜一清醒就和姚崇淵唇槍舌戰，害他的頭都有些疼了……應該快點用保冷袋冰鎮才對。

月森的提醒稍稍拉回兩人的理智，宮成茜與姚崇淵這才不情願地偃旗息鼓。

「可惡……會淪落到這種下場，都是臘腸狗害的……」宮成茜嘴上依舊不饒人。

姚崇淵惡狠狠地瞪宮成茜一眼，只是這回他不想再費口舌在無謂爭論上。況且，正因為方才在通道中和宮成茜鬥嘴，才會吃了這個悶虧。

姚崇淵所謂的「悶虧」，指的正是眼下情況——宮成茜、姚崇淵與月森三人雙手雙腳都被繩索緊緊綑綁，被人丟到牆邊角落，動彈不得。

事情為何會演變至此？就連這三位當事者也都不清楚。

宮成茜只知道自己一醒來後除了頭痛裂外，還被綑綁住手腳，和姚崇淵與月森哥皆身處一個狹窄的空間。

她失去意識的那段期間究竟發生了什麼事？

至少宮成茜可以確定的是，將他們弄成這副德性的傢伙絕對來者不善……可她不記得自己在地獄裡得罪過誰啊？

難道是保羅？但那傢伙正在法蘭西斯卡底下接受懲罰呢！

宮成茜轉過頭問向姚崇淵：「喂，你是不是得罪了什麼人？」

「怎麼馬上就怪我？不先問妳旁邊那個冰山王子嗎？說不定是他得罪哪個女人咧。」

「哈啊？月森哥才不是那樣的人咧！」下一秒宮成茜馬上轉過頭去問：「月森哥，你努力回想一下……在地獄裡有沒有哪個愛上你的女鬼被傷透了心？」

「茜，妳的提問才讓我有些傷心哪。」月森無奈地道。

宮成茜尷尬地向月森賠笑，只是她真想不出來，既然姚崇淵和月森哥都沒有惹事……那到底是誰引起這樣的禍端？

此時，前方緊閉的門扉忽地打開，從外頭透進一絲光線，同時伴隨一道女性的嗓音：

「即使墮入地獄，妳仍不曉得自己有多討人厭啊……宮成茜。」

宮成茜驚訝地抬頭。出現在自己眼前之人——竟是當初以自己的靈魂做為交換，不擇手段也要她被打入地獄的女作家杞靈！

「怎麼是妳……！妳怎麼又會在這裡?!」

杞靈外表出眾，孰料柔美的外貌下，卻是充滿怨念、不擇手段的恐怖女人！

宮成茜與她並不熟識，兩人只是曾在某次簽書會的場合中偶遇。她至今仍不明白，對方為何憎恨自己到非要讓她下地獄不可。

眼前最重要的問題是，這個害自己墮入地獄的罪魁禍首——此刻現身於自己面前究竟代表著什麼？

絕對是很棘手，宮成茜心中的警鈴大響。

「喂……妳認識這個漂亮的大姐姐？」完全不顧自己現在的處境，姚崇淵一看到美女便巴望著對方、只差口水沒直流。

「我才不想認識，就是因為認識她，我才會淪落到被打入地獄的下場。」宮成茜沒好氣地回應姚崇淵。

這傢伙既愛吃又愛美人，個性有些靠不住……根本是換了一張美少年臉蛋的豬八戒吧！

「茜，此人就是以靈魂做為代價讓妳墮入地獄之人？」

面對月森的疑問，宮成茜毫不猶豫地點頭：「正是她——杞靈！」

一手撥弄著頭髮的杞靈輕聲地笑了笑：「宮成茜，妳現在一定很困惑，為何自己會落得這種地步？但妳放心，我不會要了妳的命……至少現在不會。」

「妳究竟有什麼目的？直接說會要妳的命嗎？噢，都忘了，妳早就沒命了。」

「妳還是跟以前一樣討人厭啊，宮成茜。」

「不好意思喔，我這不叫討人厭，叫坦率直接。杞靈，我們就不用拐彎抹角了，這是妳搞的？」

「嗯，一切都是我策劃的唷，為了不讓妳在地獄裡太好過……否則當初我以自己靈魂為代價就太沒價值了。」杞靈玩弄著指甲，漫不經心地回答宮成茜的問題。

「又沒人叫妳這麼做……我才是膝蓋也中槍的人吧？妳說一切都是妳策劃好的是怎麼回事？」

「我打聽到妳要到地獄最深處取回靈感，必須通過一層層的把守通道。我啊，剛好與色欲圈的保羅有點私人交情，所以就與他串通好，在地獄第四層的通道上設下陷阱。」

宮成茜便別過頭去喃喃自語：「所謂的私人交情，也不過就是保羅那淫魔看上妳的美貌而跟妳有過一腿吧。」

「真沒想到……原來杞靈美人竟然這麼狠絕，是個蛇蠍美人呢！」姚崇淵先是露出畏懼的神情，但講到蛇蠍美人時眼睛又是一亮。

「我說姚崇淵，即使在這種情況下，你只要有女人就依舊很正面樂觀嘛。」

「茜，我同意妳的說法，像他這樣真好，大腦細胞單純無煩惱。」月森似乎相當贊同宮成茜，連連點頭。

「我說你們不要聯手起來對付我喔！」姚崇淵那張略稚氣的臉龐立刻漲紅。

「我才想說你們不要忽視我的存在好嗎！該死的宮成茜，妳怎麼到哪都能招來一堆男人！」杞靈氣憤得肩膀顫動。

宮成茜不耐煩地道：「這種話為何是從一個比我漂亮的女人口中說出呢？很沒

說服力耶……至少下地獄後妳還有保羅啊。說真的，妳把我們綁在這裡，我是沒差啦，妳想怎麼對待這個姚崇淵我還很歡迎，想必他也一定很樂意被妳怎樣……」

宮成茜看了一眼姚崇淵，目光又重返杞靈身上，「但是，妳讓我沒辦法繼續遊歷地獄，寫不出稿子的話……地獄四天王之一的阿斯莫德大概會很困擾唷。」

宮成茜明白，他們三人都對杞靈束手無策，便立刻將主意打到阿斯莫德身上。地獄四天王之一阿斯莫德的威名，杞靈不可能不知道。

「宮成茜，妳好大的膽子，竟敢拿阿斯莫德來威脅我？」杞靈雖然面露憤怒的神情，仍被宮成茜瞥見一絲恐慌。

「我說過，我只是講話坦率點，而我確實也是說實話。那傢伙——咳，我是說阿斯莫德——可自稱是我的責編呢！」

從對方動搖的模樣來看，宮成茜猜想自己這一招似乎奏效。

杞靈略微低頭，瀏海蓋過一對盈人的美眸，握緊雙拳、緘默不語。

姚崇淵壓低嗓音對宮成茜說：「看來這招真有效？」

宮成茜來不及回答，就聽杞靈不甘願地嘶聲道：「啊啊啊，居然拿阿斯莫德來壓我！可惡，我只好放妳走……！」

宮成茜心想這下問題解決、鬆了一口氣之際，杞靈卻抬起眼來，眼神凌厲地注視著宮成茜、嘴角挑起一抹壞笑。

「呵……妳以為我會這麼說嗎？宮成茜，妳還真是太天真了。」

宮成茜一愣，完全沒料到杞靈竟會這麼說。

「杞靈，妳當真要拿自己的性命安危跟我賭嗎？我可是有……！」

「妳有阿斯莫德在撐腰，對吧？」杞靈打斷她的話。

宮成茜一時語塞，因為對方正露出自信滿滿的笑容！

這蛇蠍女肯定藏了點什麼！

杞靈走向前，蹲下身來，挑起宮成茜的下巴，雙眸笑得如月牙般。

「妳有妳的四天王阿斯莫德，我也有我的四天王……不，你們該稱呼他為——」杞靈抽回手，站起身，背光的角度使她充滿一種莫名壓迫感：

「地獄的第二把交椅，人稱蒼蠅王的──別西卜大人。」

話音甫落，外頭恰好傳來一聲雷霆劈下的轟隆聲。宮成茜在這裡看不到外界情況，被雷聲和杞靈的發言同時震得腦袋一片空白。

「妳說妳的靠山是別西卜大人？妳和他的關係到底是……」月森發問，向來如冰山般鮮少有情緒的俊美臉孔上，也出現一瞬間的動搖。

「噢，你就是那個護花使者吧？由路西法派來保護宮成茜的傢伙……長得還真是如傳聞中俊俏。」

這是宮成茜第一次在地獄裡聽到除了自己的人直呼路西法之名。

眼看月森警戒的表情，杞靈又是曖昧一笑：「別用這麼可怕的眼神瞪我，我告訴你，你再生氣都比不過別西卜大人可怕……雖然他很疼我、很少對我生氣。與其在意我和別西卜大人之間的關係，你們不如擔心自己吧？」

「妳到底想幹嘛？不要盡用一些奇怪的招數！妳既然這麼憎恨我，為何不好好跟我攤牌講明？居然選擇用與惡魔交易的方式將我拉入地獄，難怪妳生前一直沒辦法超越我，就是因為妳這個人太扭曲！」

宮成茜此話一出，立刻激怒本來帶笑的杞靈。她一個箭步上前，二話不說狠甩宮成茜一個巴掌！

「妳懂什麼！不過是寫了幾套能賣的輕小說，有什麼好得意！妳這樣的人根本不懂我們二線作家有多苦！」

杞靈氣得兩頰紅得跟煮熟的番茄一樣，眼白充滿血絲。方才那番話無疑是一把匕首，用力往她要害刺去。

宮成茜被甩了耳光後不吭一聲，左頰一陣熱辣痛楚，臉上卻也沒有低下頭來的敗陣。

宮成茜的無聲反而更加激起月森的不捨，也對眼前的杞靈更為憤怒。

可是他受制於人，能為宮成茜做點什麼？

不，他什麼也做不到，連回擊的話語都不知該從何處說起。

他只知道，這個杞靈……某種層面上來說也是可悲之人。

杞靈憤而離去，用力甩上門後，房內只剩下昏暗的光線。

宮成茜長長地嘆了一聲，難得低落地對月森和姚崇淵說：「抱歉……是我連累了你們。」

姚崇淵一聽，意外地轉頭看向宮成茜。這個平時趾高氣昂的女人竟然對自己低頭道歉。

姚崇淵本來也多少有些心虛、正想回應宮成茜時，又聽到宮成茜補上一句：

「雖然我覺得姚崇淵你有一半是自找的。」

「我就知道妳不可能講什麼好話！」

「只是我真不曉得，大家同是寫作的人……為何會憎恨我到這種程度？雖說文人相輕，但我一直覺得寫作是快樂的……能夠把興趣當飯吃的我們，何其幸運。」

宮成茜沒有理會姚崇淵的反駁，語重心長地感嘆起來。

月森心疼而不捨地開口：「茜，其實我一直沒問過妳……妳為何喜歡創作？又為何堅持創作？」

「一定是因為想賺錢吧！」

「果然是毛還沒長齊的臭小子，我才沒你想的這麼膚淺。」宮成茜冷冷一瞪姚崇淵。

姚崇淵不以為然地鼻哼一聲：「不然妳說說看啊。」

面對姚崇淵與月森，宮成茜這才把她創作的理念娓娓道來……

雖然過去也曾被許多雜誌採訪過，她卻總是對這個問題閉口不談。因為，對她而言那是一個有些感傷的理由……

宮成茜的父親是個不成材的小說家，寫的是社會寫實小說，卻懷才不遇，因此窮困潦倒、跟宮成茜的母親離婚。宮成茜的童年過得極為慘澹，但父親總告訴她，要時時懷著小說即時代的理念。後來宮成茜聰明地選擇時下流行的輕小說，但常常穿插社會現象的縮影，這也是她的作品之所以暢銷的原因。

「妳的輕小說，大人小孩都愛看呢！」

當初那位一手將自己帶到大紅大紫的編輯，曾對宮成茜這麼說過。

這就是她的寫作初衷，也很慶幸自己一直都在這條路上走著。縱使有時必須配合銷售考量而對作品進行調整，但她依舊沒有忘記父親的堅持。

聽完宮成茜的話後，月森若有所思，連最喜歡嗆宮成茜的姚崇淵也沉默下來。

月森開口道：「茜，可惜我的手被綁住，不然我真想給妳一個擁抱。」

「嗚哇！好噁心！不要在我面前放閃好嗎！」姚崇淵馬上一陣雞皮疙瘩。

宮成茜隨即瞪了姚崇淵一眼：「沒人要你聽啊！」雖然她也覺得的確很令人害羞啦……

「切，那我接下來要說的話，你們一定會想聽。」姚崇淵臭屁地道。

「你能吐出什麼象牙？」宮成茜納悶地問。

姚崇淵沒有回話，但只見他雙手一攤，原先綁在他手上的繩索應聲鬆脫！

宮成茜與月森訝然地看著姚崇淵。

他解開腳上的繩子，隨後站起身，拍拍一身看來要價不斐的西裝：「現在，你們想知道我要說什麼了嗎？」

「你、你是怎麼解開繩子的？」宮成茜眨了眨眼，直愣愣地看著姚崇淵。

對方只是聳了聳肩：「趁妳在回顧往事的時候，我便辛苦地從褲子後頭口袋取出瑞士刀，耐心地切啊切，終於將繩子給切斷。好在我有隨身攜帶瑞士刀的習慣，不然這下問題可就嚴重了。」

姚崇淵隨後低下身來，迅速地替宮成茜和月森切斷繩子，「我姚崇淵做人很講道理與仁義，不需要你們開口我也會這麼做。」

宮成茜有些意外但嘴硬的她偏要小聲嘀咕：「對啦對啦，但如果是遇到美女的話情況又會不一樣了……」

「茜，趁杞靈還沒發現，我們快離開吧。」

宮成茜點了點頭：「嗯，我們小心點，盡量別打草驚蛇，走吧！」

雖然很想知道杞靈如何和別西卜扯上關係，也不清楚他們被囚禁之處為何，但只要杞靈對她的恨意未消，待在此處絕對非明智選擇。

逃出昏暗的房間後，宮成茜發現他們身處於一座相當大的城堡莊園中。從石牆斑駁的痕跡來看，這座城堡應當也年代久遠，角落也處處可見蜘蛛網與雨水長年積累滲透進牆內的痕跡。

難道這裡是杞靈的住所？

四周無人，一股莫名的風冷颼颼地吹打在宮成茜一行人的身上。筆直向前延伸、彷彿無止境的長廊上，只聽得見他們三人的腳步聲。

一盞盞華麗的吊燈垂掛著，燈光卻幽暗而閃爍。

「吶，你們不覺得安靜得詭異嗎？這麼大的豪宅中，除了那個大概跑去睡美容覺的杞靈，看起來只有我們三人？」宮成茜小聲地問，眼神還左顧右盼。

「這樣很好啊，反正我們也怕被人發現不是嗎？」

「還是覺得哪裡不對勁……也不曉得這究竟是誰家……」宮成茜眉頭微蹙。

以杞靈的能力，這棟氣派的古堡應該非她所有，但再怎麼一想，還是先快快離開再說。

宮成茜等人警惕地走在這條彷彿漫無盡頭的長廊上……忽然間，一團黑色的影子從前方竄過！

宮成茜差點就要尖叫出聲，趕緊摀住自己的嘴巴！

「茜，別怕，有我在。」月森趕緊一手摟住她的肩膀。

姚崇淵見狀，很不以為然地道：「是在怕什麼啦……不過是一群蝙蝠而已。」

自從與他們兩人結伴同行後，他很受不了宮成茜和月森那種過分偶像劇的互動……

什麼？他覺得眼紅吃醋？怎、怎麼可能！

宮成茜又不是什麼漂亮的美人，他才不會看在眼底！

驚魂未定的宮成茜定睛一看，方才竄過去的果然是一群蝙蝠……陰風陣陣、蝙蝠飛竄，這棟古堡還真像典型的惡魔城堡……這大概是她墮入地獄以來所見過最像地獄的地方了。

雖然心底有著「這才像地獄嘛」的無聊感嘆，宮成茜仍不敢掉以輕心。當他們走到底時，發現面對的是一面牆，走廊上別無出路，只有他們原先被關的房間！

正當宮成茜有些心急之時，月森叫住她：

「茜，看這面鏡子。」

宮成茜轉頭仔細端詳這面掛在牆壁上的大鏡子。乍看下沒有什麼不同，但似乎只要一直盯著這面鏡子看……鏡面竟在一瞬間產生波動。

宮成茜試著靠近一點，伸出手想碰觸鏡子，沒想到下一秒奇妙的事情發生了！

「手、手穿過去了！」宮成茜驚呼一聲，她的手好像穿透到一個新的世界般！

姚崇淵馬上過來推開宮成茜，「這個……應該就是時空之門！」

「時空之門？意思是只要穿過這面鏡子，就可以穿越到古代或未來之類嗎！」

宮成茜驚訝地回。

「類似，不過這面鏡子能夠穿越的地方，我猜大概限於這棟建築之中吧？至於通到哪裡，我當然還不清楚。」

「真可惜，不然我也能成為穿越劇的女主角了……」宮成茜難掩失望地嘆氣。

「茜，妳現在也算是穿越，只是穿越到地獄裡罷了。」

「月森哥，這樣差很多好嗎？人家都是穿越去當格格，被皇太子們包圍……我可是被打入地獄，被一群亡魂和惡魔包圍啊！」

「別打情罵俏了。現在到底要不要試著穿過這面鏡子？這大概是我們唯一離開這條長廊的方法了。」

姚崇淵也不曉得鏡子另一端究竟是什麼樣的地方，但即使有風險，也好過被困在此處當籠中鳥吧！

宮成茜推開姚崇淵，率先將一隻手再度伸進鏡中，「只能孤注一擲了！」

她向來是行動派，優柔寡斷絕非她的原則。或許杞靈不曉得，但這就是宮成茜之所以能成功的要素之一。

宮成茜打頭陣，毫不猶豫地躍進鏡中！

瞬間，一道強光直射宮成茜的臉，她還來不及睜眼觀察四周，便感覺自己的身子開始下墜！

「砰」一聲，宮成茜重重地摔落在地面上。當她齜牙咧嘴地想爬起身時，月森與姚崇淵也摔落在她身上。

「痛痛痛……你們是存心想壓死我嗎……」被壓在最底下的宮成茜發出哀號。

月森趕緊爬起來，一腳踹開壓在宮成茜身上的姚崇淵，將匍匐在地上的宮成茜扶起。姚崇淵沒好氣地瞪了月森一眼，不過顯然月森不把對方當回事。

宮成茜起身後，驚訝地張望著四周景象。

他們一瞬間來到古堡外，一座宛如迷宮的綠色花園！

「這……出口到底在何方啊？」宮成茜訝然地看著前方。

「至少我們離開城堡了，也算是小有收穫。」姚崇淵扭一扭摔得發痛的脖子。

「但這花園根本像迷宮……哦不，就是迷宮！能不能繞出去還是個問題吧？」

「茜，我一定會帶妳走出這個迷宮的。」月森一臉認真地對宮成茜承諾。

「啊啊，忠犬屬性又跑出來了……總之先走再說，況且你們別忘了，有我姚天師在！」

「請問姚天師能幫什麼忙？」宮成茜不以為然地反問。

「為何妳連問人的口氣都這麼欠打，剛剛解救你們的人是誰啊？算了，我就再露一手吧！」

姚崇淵從口袋裡拿出一隻紙鶴，隨即兩指合併，對著紙鶴迅速念了一段咒語。

赫然，紙鶴的翅膀微微搧動，輕盈的身子便騰空飛起，接著往前方飛去。

看著紙鶴飛離的身影，宮成茜問道：「你這是在做什麼？」

「妳不是擔心走不出迷宮嗎？我讓紙鶴從空中替我們觀察全貌，如果它找到出口就會回來告知方向。」

「哦哦，真有你的！好吧，我這下對你有點刮目相看了，姚崇淵。」

「哼，怎麼才『有點』？」姚崇淵有些不滿地道。

月森插嘴道：「那我們要在這裡等你的紙鶴回來？」

「我們先前進吧，等紙鶴探查完畢會回到我身邊，屆時若需要調整路線再改變應該也可以。」

「雖然不是很想這樣說，但長毛短腿臘腸狗有時候真的挺可靠。」宮成茜一手托著下巴，點了點頭。

「如果妳不要再用那種稱呼對我，我會更可靠。」

三人就這樣一邊拌嘴，一邊警戒地繼續前進搜索路線，就怕轉過一個轉角會撞見迎面而來的危機。畢竟，他們才剛吃過走路不看路而掉進洞裡的虧。

身旁的灌木叢比宮成茜還高，除非能飛起，否則完全看不到灌木叢後的景象。這片綠色花園異常地寂靜，毫無人氣……可是這些樹叢分明修剪得宜。如此矛盾的氛圍讓宮成茜莫名發毛，不自覺地聯想起某些驚悚片。

如果真的有阿飄竄出來……她就用「破壞F4紅外線」打爆它！

咦？等等……這裡本來就是地獄，最多的就是阿飄不是嗎……

嚥了嚥口水，宮成茜甩頭拋掉各種腦補。一陣振翅聲響起，她抬頭一看，發現姚崇淵不久前放出去的紙鶴回來了！

姚崇淵將紙鶴收回掌心，定睛凝視著紙鶴。

忍不住好奇的宮成茜問：「如何？紙鶴給的答案是什麼？」

姚崇淵若有所思地道：「它說出口在東北方……可它不希望我們過去。」

「為何？你的紙鶴有說明嗎？」月森納悶地提問。

姚崇淵搖了搖頭，「紙鶴能說明的情報有限，只能做簡單的回應讓我進行判斷。它不希望我們去一定有它的理由……怎麼辦？朝它說的方向走嗎？」

「東北方是哪一個方向？」宮成茜觀望四周後又道：「不管有什麼，總比又被杞靈那瘋女人抓到好！」

在月森的指引，宮成茜毫不猶豫地邁開步伐往東北方前進。月森理所當然跟隨其後，姚崇淵也別無選擇。

此時，後頭遠遠地傳來杞靈大喊要屬下追人的聲音！

「糟了！」宮成茜不由得有些驚慌，頻頻往後看。

「別慌，他們離這裡應該還有段距離，況且這是一座迷宮，若我們有心想躲也能成為我們的助力。」

「還是月森哥英明！」

「喂喂，我救了你們還找到出口，對我就沒有一句像樣的感謝嗎？」

月森冷冷地回了一句：「請不要吃這種無謂的醋。」

「哈啊？我吃醋？我吃什麼醋啊！才沒有！」

「夠了，現在不是吵架的時候！快往出口的方向跑吧！」

宮成茜一聲令下，隨同的兩人這才加快腳步往出口直奔。

追捕人員從四面八方而來，三人或閃躲或迎擊。正面對陣時，宮成茜便拿出她的「破壞F4紅外線」，讓死光貫穿敵人身軀！

一心只想保護宮成茜的月森也不遑多讓，「冰河彼岸」勢不可擋地爆發驚人凍氣攻擊目標。

姚崇淵雖沒有那般外型帥氣的武器，但身為天師的他自有機關。面對迎面而來的敵人，他取出一張張符咒、熟練地口念咒語，符咒立刻化作紅色飛箭，擎著火光逐一射向獵物！

杞靈派來的人馬顯然不是這三人的對手。雖然一邊逃跑一邊作戰讓宮成茜上氣不接下氣，但她心中多少有些得意。原來自己也能像輕小說主角一般瀟灑地戰鬥！

三人奮勇退敵的努力終於有了收穫，穿著黑衣的追兵像是有默契般，全數撤退不再追擊。

宮成茜覺得有些奇怪，心想這群黑衣人還真是沒用，受這麼一點皮肉痛就落荒而逃。

此時宮成茜一行人並不曉得，在之後的道路上，有更懾人的危機等待著他們……

第八章

地獄三頭犬與主人

Tuning Demon Project

「總算把他們都打退了……有夠累的。」

宮成茜氣喘吁吁地彎腰手撐膝蓋，汗水頻頻滴落。回頭一看，出口恰好近在眼前！

「是出口！我們已經抵達出口了！」宮成茜欣喜若狂地叫著。

誰知道姚崇淵若有所思，月森也沉默不語，兩人並無半點開心表情。

「怎麼了？你們為何一副心事重重的模樣？出口就在前面啊！」

宮成茜不明白這兩人的神情為何如此凝重，甚至還摻有一絲的畏懼，直到她順著他們倆的視線轉頭一看。

「我的天啊！」宮成茜睜大雙眼，訝然地張著嘴巴。

她終於知道為什麼了。

砰！砰！砰！

慢條斯理卻又充滿壓迫感的巨大腳步聲越來越清晰。最先映入宮成茜眼中的，是一隻厚實寬大、銳爪漆黑的獸足。

最後走入宮成茜三人視線之中的龐然身影，是——

「地獄三頭犬塞拜羅！」月森驚呼。

彷佛呼應不祥之獸的到來，天空下起寒冷徹骨的雨水和冰雹。打在身上有些疼，但眾人無暇顧及。空氣中混雜著刺鼻的惡臭，凶猛的三頭怪物血紅色的眼睛正骨碌碌地看著宮成茜一行人！

前所未有的危機讓眾人恐懼到最高點，只是當他們拿出武器要拚死一戰時，地獄三頭犬竟打了個哈欠，慵懶地一屁股坐下去、趴在原地開始打呼熟睡。

宮成茜等人看傻了眼。

雖然沒有攻擊他們，可是這龐然大物完全擋住他們的出口！

「這下可好了，這隻大狗擋在這裡我們要如何過去啊？」宮成茜兩手一攤，無奈地問。

「方才那群人大概以為這隻狗會攻擊我們才退散，誰知道竟是這般……」

姚崇淵哀怨地咬著下唇，「可惡，這隻狗到底吃了什麼才長那麼大隻？我也想長高長壯啊！」

「你的願望還真是樸實啊。」宮成茜投以同情的目光。

「茜，現在該如何是好?從牠身上爬過去？」

「你確定這不是找死？」宮成茜還沒回話，姚崇淵倒是搶先回應月森的問題。

面對姚崇淵的質問，月森也毫不退縮地回應：「沒試試看怎麼知道。」

「等一下，我想到另一個有趣的法子。」宮成茜露出一臉奸笑，目光投向姚崇淵。

姚崇淵一陣寒顫竄過，心中警鈴大響！

宮成茜彈指一聲：「姚崇淵，就決定是你了！」

「拜託，我又不是皮卡丘。還是妳……這是在鄙視我的身高嗎?!」

「我完全沒想到那個好嗎，不過聽你這麼一說倒有那麼點感覺了……這不是重點，總之姚崇淵你就接下這個重責大任吧！你不是說想幫我完成地獄之行嗎？現在就是你展現誠意與決心的時候！」

姚崇淵心中警鈴已經響到突破天際，他耐不住性子地道：「妳這思想危險的女人究竟想要我做什麼？快說，不要再賣關子了！」

宮成茜嫣然一笑，「麻煩你當誘餌吧！」

「哈啊？這就是妳所謂的重責大任？妳會不會欺人太甚！」

「你可別這麼說，我也是深思熟慮才出此策。你看，擔當誘餌的人一定要夠靈活，我跑不快，月森哥則是攻擊力較強、適合做為攻擊主力。因此，就只剩下你了。我還記得當初你一進入色欲圈跑得可真快……」

「夠、夠了！別再提那件事，我做就是！」被宮成茜挑起不堪回首的往事後，姚崇淵只得氣急敗壞地接受。

宮成茜拍了一下掌，「那就這麼決定了。首先，姚崇淵你想辦法吵醒塞拜羅，吵醒牠之後，我們趁機衝到後面打開大門，再回頭攻擊塞拜羅以助你脫身，最後再趁機一起溜出迷宮！」

姚崇淵雖然無奈，也只能摸摸鼻子同意宮成茜的作法。

分配好各自的任務後，姚崇淵便來到沉睡的塞拜羅面前。

他用力地拍手並扯著嗓子高喊：「嘿！臭狗你快醒醒，跟我一決勝負吧！」

誰知聲嘶力竭地叫了半天，熟睡狀態的塞拜羅一點反應也沒有，「呼嚕呼嚕」如悶雷聲般的打呼聲不止。

宮成茜在一旁對姚崇淵喊話：「你這樣沒用啦！狗狗最喜歡的是什麼你應該知道啊！」

「啥？為什麼我非得要知道啊，我又不是狗！」

「什麼？你不是長毛短腿臘腸狗嗎？你們狗狗最喜歡的不就是吃東西嗎？」

「宮成茜妳欠揍啊！」姚崇淵氣得破口大罵。

一旁的月森看不下去：「茜、姚崇淵，我不反對你們吵架，因為成效還不錯

——塞拜羅已經被吵醒了哦？」

「咦？」

宮成茜與姚崇淵同時轉頭一看……姚崇淵身後的龐然巨獸果真已經站起身！

更令人膽顫的是，塞拜羅對著姚崇淵亮出鋒利的爪子，彷彿亟欲將他們撕裂拆解入腹！

「姚崇淵！交給你了！我們現在去開大門！」宮成茜向姚崇淵喊話後，便與月森一同加快速度跑向塞拜羅身後的出口。

「真是的，什麼麻煩差事都叫我扛……！」

姚崇淵抱怨之際，沒注意到塞拜羅從後頭悄然接近，嚇人的血盆大口與驚人獠牙直接撲上！

姚崇淵趕緊一個回身，召喚出紙鶴使其燃燒、拋射向張開大嘴的塞拜羅。巨獸的一顆頭直接吞下火團，另外兩顆狗頭則對著姚崇淵發出懾人咆哮。

被這麼一吼，姚崇淵心驚膽顫，嚇得全身雞皮疙瘩都竄起！

雖然他是一名天師，但資歷尚淺，實戰經驗也稍不足，過去頂多對付鬼魂，這一回可是被巨大魔獸追著跑啊！

同一時間，在姚崇淵英勇犧牲……噢不，英勇奉獻下，宮成茜和月森得以順利地來到大門前。

「月森哥，我們一起推吧！」大門看上去極為沉重。

月森朝宮成茜點頭，隨即兩人便合力試圖推開門扉。

想不到大門比預期中還要沉重，兩人就算使盡全身的力氣，也只能以非常緩慢的速度一點一點地推移。相較之下，被塞拜羅鎖定、正在逃竄中的姚崇淵處境更加堪憂。

宮成茜吃力地高喊：「姚、姚崇淵！你再撐久一點……這門不好推……」

「你們到底有沒有吃飯啊！居然這麼沒力氣……嗚哇！」

姚崇淵話還未說完，塞拜羅便冷不防地伸出利爪一揮。好在他閃得快，背後的衣服雖被劃開，但只留下淺淺的傷口。

面對如此懾人的對手，姚崇淵根本無暇查看傷勢，就連疼痛的感覺也在強烈緊張感下被麻痺。

前所未有的恐懼反倒刺激了姚崇淵，本能的求生意志讓他決定進行反擊！

「管你是地獄三頭犬還是地獄一條狗，你今天回家吃自己吧——我姚崇淵不是你的大餐！」

姚崇淵將手伸至背後，他的後背上竟浮現出長劍紋路，緊接一陣光芒大作……一把桃花心木劍轉瞬握在姚崇淵的掌中。

原本在一旁努力推門的宮成茜，一時間也被姚崇淵難得的帥氣度所吸引、愣愣地看著那突然間霸氣爆表的姚天師！

月森瞥見這一幕，下一秒斷然放開推門的手，轉身邁向姚崇淵與塞拜羅所在。

宮成茜獨自一人撐不住門的重量，吃力地問月森：「月、月森哥你要去哪裡？」

「茜，我不允許妳用崇拜的目光看著別人。況且……」月森抽出武器冰河彼端，「照這推門的速度來看，等我們推開門時，姚崇淵這傢伙也被塞拜羅拆解入腹了。倒不如讓我們聯手打退牠，或許還有機會。」

月森一個箭步向前，西洋劍瞬間伸長、突刺向塞拜羅。

姚崇淵也不干人後，鎖定塞拜羅最左邊的頭顱，揮舞桃花心木劍襲去！

宮成茜不禁莞爾一笑：「真是受不了你們啊……這不是完全顛覆了我原先的計畫嗎？」

宮成茜再度拿出那把由阿斯莫德贈予的法杖，走向正與塞拜羅作戰的兩名同伴。

「不過，月森哥你說的對，看來我也只好加入戰局了。」

宮成茜將法杖瞄準塞拜羅，發射刺眼奪目的死光。

作戰協議達成後，立刻做出一人對付一顆頭的戰略決策。

宮成茜的法杖能力強大，擊中之處無不立刻燒灼出凹洞，打在塞拜羅身上卻效果減半——牠的皮毛相當厚實堅硬，就算死光直射也頂多受到皮肉傷。

宮成茜不死心，說什麼都要奮鬥到最後一刻才是自己的作風。她明白自己戰鬥經驗不足，也曉得自己對於操控死光還沒那麼熟稔，可是她當下必須努力克服先天的不足！

宮成茜的眼神瞥向月森與姚崇淵。前者的西洋劍術發揮得淋漓盡致，前進、後退、攻擊、格擋，光看他揮劍的畫面就足以融化無數芳心。

雖然月森每一次出手都精準無比，無奈他的對手是傳聞中的地獄魔獸，那伴隨凍氣的劍擊也頂多傷及皮毛。

再看向姚崇淵，天師家族出身的他手持桃花心木劍，時而揮動發出金光的木劍斬向塞拜羅，時而迅速念咒將燃燒的紙鶴飛射向目標。

只是他們三人聯手的力量不夠強大，這頭驃悍又壯碩的地獄三頭犬依然占上風，不時發出令人聞之喪膽的長嘯。

就在宮成茜一個閃神之際，塞拜羅力道強勁的腳掌揮中她，將她打飛到遠處！

「茜！」月森急呼。

姚崇淵也一時間分神，被塞拜羅的另一掌擊中打飛！

月森咬緊牙根，心知絕不能分心。

他一人手持冰河彼端，承受所有攻擊更是吃力，最後也被打退至角落，後背狠狠撞上牆壁。

三人一時都失去戰鬥能力。

塞拜羅滴淌著口水，轉而走向最遠端、劇痛難以起身的宮成茜。

「該死……不許過來……你、你可別過來啊！」

宮成茜吃力地想搆到被打落在地的法杖卻徒勞，眼睜睜地見塞拜羅張開血盆大口──

「塞拜羅，用餐時間還沒到，隨意吃東西多沒家教。」

宮成茜不禁一愣。這聲音聽起來好耳熟……

即將要把她吃進肚裡的塞拜聽到這聲音後頓時停下動作、露出惶恐的神情。

宮成茜訝然地睜大眼睛。將他們逼入絕境的地獄三頭犬……竟會在一瞬間露出驚慌的神色？

不，如果真是她所想的那個人，或許真具備這樣的能耐！

宮成茜回過頭去，想都沒想率先開口：「是你吧，阿斯莫德！」

「……阿斯莫德？小姑娘，妳真那麼以為嗎？」

來者從半空中緩緩降下，降落同時輕輕地摸了一下塞拜羅的頭。威懾八方的地獄三頭犬立刻乖順地蹲下身來。

宮成茜一時間啞口無言。

「喂，他就是妳說的地獄四天王嗎？妳有沒有聽見我的話啊？」

顯然，姚崇淵的一字一句都沒傳進宮成茜耳裡。

她注視著前方的不速之客。

「你……不是阿斯莫德？」

「妳覺得，我哪裡像阿斯莫德呢？來自人世的貴客——宮成茜姑娘。」

宮成茜忍不住直接回應：「全身！就連嗓音也一模一樣！但是……不管是說話方式還是衣著打扮，都和我認識的那個阿斯莫德不同！」

定睛一看，阿斯莫德留有一頭酒紅色長捲髮，眼前的他則是銀白色長直髮瀑。阿斯莫德的膚色偏白，這名男子的膚色是截然不同的小麥色。衣著風格，阿斯莫德走的是闇黑華麗風，長大衣、軍靴與灰色皮草。至於眼前的白髮男子，卻是一身中國式的長袍馬褂，不過倒是和阿斯莫德一樣，都選擇了酒紅色系。

兩人散發出來的氣息，阿斯莫德是優雅中帶點慵懶，這名男子則是高深莫測、目光充滿智慧。

除了這些不同以外，這名白髮男子的五官輪廓和阿斯莫德如出一轍！

宮成茜更是好奇對方的來歷了。

白髮男子輕笑一聲。

「果然血親相連還是騙不了人哪……宮姑娘所說的阿斯莫德，正是在下的胞弟。」

「胞、胞弟？雙胞胎弟弟嗎！」宮成茜驚訝地睜大眼睛。

難怪兩人如此相像！可是，阿斯莫德怎麼從未提過自己有個兄長呢？

「可以這麼說吧，不過在下的胞弟似乎不怎麼想承認……宮姑娘應該和胞弟關係不錯吧？或許可以請妳說服他呢。」

白髮男子一就輕撫著塞拜羅，地獄三頭犬乖順得就像自家寵物般討人喜歡，很難想像不久前還張牙舞爪地想將宮成茜吃進肚裡。

「我和他的關係才沒有多好咧，我也沒興趣和惡魔打好關係，所以別指望我。」

「是嗎？不過宮姑娘誤會我的意思了。」

對方忽然一瞬間飛到宮成茜面前，一指挑起她的下巴、壓低嗓音道：

「在下所謂的說服……是將妳變成我的所有物，讓我那不爭氣的胞弟前來討人哪。」

話音落下的瞬間，宮成茜瞬間感到一陣難以言喻的寒冷殺意，同時她的腰被對方輕輕一攬，整個人被打橫抱起。

無視底下著急的月森和姚崇淵，白髮男子面帶優雅微笑，僅僅留下一句話：

「去告訴阿斯莫德——別西卜這裡有他要的女人。」

懸浮在半空中身影嘴角挑起一笑後，驟然消失。

第九章

惡魔兄弟不要為了我吵架！

Tuning Demon Project

宮成茜不知為何失去意識，現在醒來只覺得有些脫離現實的感覺、時間錯亂。

她皺起眉頭，撐開沉重的眼皮環顧四周，發現自己身處在一間普通房間內的一張柔軟大床上。

一種本能的危機意識讓宮成茜先趕緊查看自身，好在衣物仍在，是一件漂亮舒適的浴袍……

等等！浴袍？

她什麼時候換穿浴袍的？

宮成茜立即驚慌地坐起身，雙手抱緊自己的胸口，緊張地喃喃自語：「天啊，我該不會被人怎樣了吧？這樣跳太快了，我連接吻都還沒好好品嚐過……！」

宮成茜慌張地左顧右看，一見到門扉，馬上起身想要逃離此處！

只是門才一打開，就見一名紮著一絲不苟的包頭、穿著合身旗袍的少女。她笑咪咪地對著宮成茜道：「別西卜大人有交代，請勿擅自離開唷。」

宮成茜著實吃了一驚，這神不知鬼不覺出現的少女雖然面帶笑容，卻帶著一陣肅殺之氣。

她退回一步，看來應該無法用正常方法逃離這個房間……對了，別西卜，就是那傢伙！

宮成茜一個箭步上前質問旗袍少女：「我問妳，別西卜呢？他把我擄來這裡，真是為了拐阿斯莫德前來？」

「請宮小姐少安毋躁，別西卜大人有令，請勿擅自離開唷。」

「妳根本牛頭不對馬嘴嘛！」

面對眼前這名雙眼笑得如月牙的妙齡旗袍少女，宮成茜雖然一肚子火，卻也拿對方沒轍。

不過也託這少女的福，宮成茜總算想起為何自己會落得這樣下場，腦海裡回想著失去意識前聽到的最後一句話——別西卜要姚崇淵與月森哥找阿斯莫德。

真不知道別西卜綁架她威脅阿斯莫德出面的目的究竟為何？

這對雙胞胎兄弟的關係，直覺告訴她最好還是別介入好……雖然現在好像難以置身事外了。

同時宮成茜也想起另一件事，這個將她抓來此處的惡魔──一人之上、萬人之下，地獄第二把交椅的別西卜，就是就是杞靈的靠山……

能跟杞靈那種人交好的類型，宮成茜怎麼想都覺得不對勁，當初和杞靈掛勾的保羅就是最好的例子！

更別說別西卜，肯定是更加危險的人物啊！

思至此，宮成茜不禁雙手抱頭。為何自己總和地獄裡的危險分子扯上關係啊?!

心裡的警鐘不斷告訴自己留在這裡絕無好事，宮成茜在房間裡來回走動，就是苦思不出法子可以從旗袍少女的眼皮底下溜開。

她什麼都試了，比如大喊「看，有外星人！」、「妳家的別西卜大人來了！」……試圖轉移少女的注意力，對方卻依舊不為所動，臉上始終掛著令人發寒的笑容

宮成茜煩惱地在房裡來回踱步，除了擔心自己的情況，也擔憂不知此刻在何

方、狀況如何的月森與姚崇淵。

此時，房外一道沉穩的腳步聲由遠而近傳來。

旗袍少女立刻退到一旁，低下頭來恭敬地道：「別西卜大人，小的恭迎您的到來。」

宮成茜深吸一口氣。

面對別西卜的到來她既有些意外，卻又有些不意外……總之該來的總會來，只是她沒料到會這麼快就必須面對。

別西卜輕輕揮手讓少女退下。門關上後，房間內只剩下別西卜和宮成茜兩人。

宮成茜有些緊張地緊抿雙唇，不發一語。

別西卜見狀，率先打破沉默：「宮姑娘，請別這般緊張，在下只是來找妳聊天喝個晚茶罷了。」

宮成茜戰戰兢兢地走向房間中央的圓桌，故作鎮定地拉開椅子坐下，回應別西卜：「聊天我不反對，但你想聊的內容應當別有居心吧？」

別西卜微微一笑：「真不愧是宮姑娘，果然如傳聞中聰慧過人。在下的意圖妳應該也明瞭，只是想請妳在此作客一會，等我那胞弟前來後即會讓妳走。」

宮成茜沉默不語。這對惡魔兄弟之間究竟發生過何事，關係似乎有點不太妙。

宮成茜還是忍不住問：「你和阿斯莫德的感情很不好吧？」

「宮姑娘，這個問題妳應該很快就能得到解答。對了……」別西卜停頓一下接續說：「宮姑娘，知道我那胞弟的祕密嗎？」

「阿斯莫德的祕密？」宮成茜納悶地眉頭一挑。

別西卜突然彈指一聲，宮成茜的身體便懸空飄了起來，就像當初強行擄走她的時候一樣！

「你、你想幹嘛！快放我下來！你這腹黑城府心機重的魔王……！」宮成茜不斷掙扎、蠢動，既情急又生氣地對別西卜指手畫腳。

「能被宮姑娘稱讚是名魔王，可真是在下的榮幸呢。」

別西卜同時手指輕輕一動，宮成茜的身子飄到床鋪正上方，最後輕輕地落回床上。

「宮姑娘不是想知道在下胞弟的祕密？」

別西卜站起身走向床前，傾身咚的一聲出手打在床上、擋住原先想要逃脫的宮成茜去路。

宮成茜被別西卜壓在床上，動彈不得，身上寬鬆的浴袍更不巧地微微鬆脫……雪色凝肌若隱若現，她完全不曉得此刻的自己有多麼撩人。

宮成茜的心臟怦怦怦地跳著，一時間不知所措，只能眼睜睜看著別西卜那張與阿斯莫德極為相似的魔魅俊臉慢慢逼近……

她的雙腿，也被別西卜以熟練的技巧輕輕扳開，在宮成茜不知不覺之下，對方將身子探得更近、兩人之間的距離也更加緊密曖昧……

「碰！」就在這時，門扉被用力地甩開。

闖進房裡的身影不是別人，正是地獄四天王之一、別西卜的雙胞胎之弟——阿斯莫德！

「哎呀……什麼風把你請來了？許久不見的吾弟，阿斯莫德？」別西卜暫且停下對宮成茜的進攻，轉過頭笑問站在門前的阿斯莫德。

「不就是你刻意放出的、名為『宮成茜』的風嗎？我啊，正如你所想的一樣為她而來了呢……別西卜兄長。」阿斯莫德用手順了順自己的衣裝。

這個小動作讓人不難察覺出，這名向來行事優雅的惡魔，在趕來的途中有多麼緊急，就連平常最注重的服儀都忘了顧及。

「宮姑娘和我那胞弟的關係果然不錯呢，看，阿斯莫德可是專程為妳而來呀。」別西卜回過頭面向被他壓在身下的宮成茜，嘴角挑起一抹滿意的微笑。

「我才不管你說什麼……你這變態快從我身上離開！」宮成茜狠狠地瞪著別西卜，咬牙切齒地道。

「這種凶狠的模樣，在下並不討厭哦，宮姑娘。」別西卜又是毫不動搖的完美微笑。

不知為何，那張與阿斯莫德相似的臉孔看在宮成茜眼中，更加欠揍且令人厭惡。

「我說別西卜，我人都來了，你就省下那些噁心的調戲吧？」阿斯莫德直接走進房中拉了張椅子坐上，雙腳更不客氣地放在茶桌上。

「吾弟，你什麼時候可以指使我了呢？真是逾矩啊，我好歹是你的兄長呢。」別西卜依然沒有要放過宮成茜的意思，口氣從容。

「你才別欺人太甚，況且像宮成茜這種女人應該也入不了你的眼……還是說久違不見，你連品味也變差了？也是，杞靈那種貨色你都看上眼了。」阿斯莫德雙手抱胸，刻意在別西卜面前搖頭嘆息。

「我說你們，兄弟倆內鬨就內鬨，不要把我當砲灰好嗎？一個壓在我身上，一個說我等級很差？你們夠了沒！」士可殺不可辱！

「哦呀？宮姑娘還真是活力十足，在這種情況下還那麼有勇氣呢。吾弟，你我似乎剛好都喜歡這種不願服輸又嗆辣的女人？」別西卜一手挑起宮成茜的下巴，臉上的笑容多了一絲欲望……似乎想將宮成茜得到手的情欲。

宮成茜也不是遲鈍的人，立即察覺別西卜這抹笑容的含義，不禁一陣寒顫。

——怎麼辦？她是不是適得其反，把自己推向更危險的情況了啊？

什麼叫剛好喜歡不願服輸又嗆辣的女人……這對惡魔兄弟真是有病！

「別西卜……別哪壺不開提哪壺。」阿斯莫德聲音明顯變得低沉而危險，威脅之意表露無遺。

被壓在床上的宮成茜感到一絲好奇，儘管她現在的處境不該有多餘心力去想他人之事。

「吾弟，原來你還一直記得當年的事啊？兄長早勸過你，該放下了。」

「你最沒資格說這句話，別西卜。我說過，別再試圖踩我的底線。」

阿斯莫德的眼神瞬間銳利起來。光是面對那眼神，宮成茜都能感到全身戰慄。

「呵，吾弟，你也真是一如既往開不起玩笑啊。」

「三年不見，我不是專程來跟你廢話的。別西卜，我警告你，宮成茜她可是晨星．路西法大人的貴賓，吾主交代我必須確保她的安危。你惹怒了我不打緊，惹惱路西法大人你可沒那麼好過。」

別西卜聽了後一臉不以為，皮笑肉不笑地答：「吾弟，聽你這麼說，我是否該害怕呢？路西法大人的貴賓碰不得……但，我和路西法之間的關係如何，你不是最清楚嗎？」

別西卜用力地擰住宮成茜的兩頰，宮成茜痛得皺起眉。

「越是碰不得——我別西卜越是要把她破壞殆盡。」

別西卜咧嘴一笑，一手更是撩撥起宮成茜的浴袍下襬，露出白皙的大腿。

「別西卜！你！」阿斯莫德立刻拍桌起身，憤怒地瞪著雙胞胎兄長。

「嗚嗚！」宮成茜本想說些什麼，卻被別西卜的另一手強行摀住嘴巴，只能不停發出嗚嗚聲。

「怎麼？看到這一幕，覺得似曾相識嗎……吾可愛的胞弟啊？」

別西卜絲毫不理會在自己身下掙扎的女人，回以阿斯莫德一抹玩味又諷刺的笑。

「別西卜……！」

阿斯莫德直接亮出長槍──「龍之逆鱗」。槍身上的火焰與龍紋，彷彿憤怒的業火熊熊燃燒！

「哦……你要和我拔刀相向嗎？吾弟，你真是一點也沒變……和五百年前一樣，為了女人與我針鋒相對呀。」別西卜說著微微起身。

宮成茜逮到機會推開別西卜，踉踉蹌蹌地逃到阿斯莫德的身邊。

「哼，還真的很像當年呢，不管是哪一個都不願選擇你啊，別西卜！」阿斯莫德一把將跑過來的宮成茜抓住，將她拉往自己的身後、以身護住宮成茜。

或許是吊橋理論的效果……這一刻，宮成茜竟情不自禁地對阿斯莫德保護自己的行為心跳加速。

「哈……也好，既然要開戰的話，那就來吧！」別西卜離開床前，一個彈指。

剎那房間扭曲、轉瞬來到另一個色彩詭譎的異度空間！

「這裡是……？」躲在阿斯莫德背後的宮成茜訝然地環看四周。

這種奇怪的場景，向來只有在動畫或電影中才看得見啊！

「此處是那傢伙用魔力製造出來的異次元空間，也就是說——除非打倒他，否則我們都別想走出這個空間。」

阿斯莫德沒有回頭，直挺挺的背影讓宮成茜深知事態嚴重。

「哈哈哈，來吧，吾弟，就讓我們兄弟倆久違地打一場——倘若我勝出，宮成茜那女人的初夜就由我奪走吧！」

別西卜笑得猖狂，凝聚在他身後的黑暗力量也逐漸擴大。

宮成茜忍不住地握拳，氣憤吶喊：

「喂，別隨便擅自拿我的貞操當賭注啊！」

——《惡魔調教 Project 01》完

後記

Tuning Demon Project

大家好，感謝舊雨新知支持這部作品，我是你的浪漫製造者帝柳！

……這種很像廣告臺詞或主持人介紹的話，我老早就想試試看了（笑）。再次跟大家打聲招呼，《惡P》（簡稱）是我首次將觸手伸到地獄與惡魔的故事，在之後的劇情中也會涉及到天使的部分，希望各位會喜歡這部充滿神話與魔幻、略帶黑色喜劇色彩的故事！

這部作品對帝柳而言各方面都是新的嘗試，除了天使惡魔跟地獄的題材外，將輕小說融合東、西方古典文學也是同一遭。或許已經有厲害的讀者察覺出來了，《惡P》這部小說裡，可以窺見許多似曾相識的橋段或設定。

沒錯，宮成茜墮入地獄，進而遊歷地獄的背景來源，出自但丁的《神曲》一書。原著中，但丁以第一人稱的方式，向讀者敘述了他遊歷三界（地獄、天堂和淨界）的所見所聞，是一部非常知名的經典文學作品，裡頭也包含相當多有趣的魔物與奇景，是相當值得一看的作品。

帝柳也推薦大家有空去看一看，相信看完《神曲》後再來閱讀《惡P》，肯定會覺得特別有意思。倘若要是有喜歡創作的朋友，多方面的閱讀也能增加靈感素材來源，是不是一舉多得呀？

提到《惡P》裡的西方經典文學後，再來就是要跟大家說說《惡P》取材的另一部東方經典文學——就是大家都有看過的《西遊記》！

應該會有讀者納悶，究竟《惡P》哪處融合了《西遊記》的元素？來來來，就讓帝柳告訴你們，《西遊記》的元素便是反映在宮成茜一行人身上。若照《神曲》的方式進行故事，大抵只會有宮成茜一人孤單地旅行，雖偶有人同行，但不會同時有這麼多人和她一起冒險前進。

宮成茜就像是《西遊記》中的三藏，為了取回被封印在地獄最深處的靈感而前行。這點就改編自三藏法師欲往西天取經的橋段囉！

至於其他角色，如貪吃又重女色的姚崇淵……大家應該馬上想到《西遊記》裡的誰了吧？

之後，隨著劇情發展，也會陸陸續續新增許多我覺得有趣的角色（當然大都是美男！），倘若帝柳的作品讓各位在閱讀期間能搏君一笑，就是我最棒的收穫了！

最後，再次感謝各位的支持，喜歡也請多多推廣傳教哦！

我們第二集見！

帝柳

帝柳粉絲團：www.facebook.com/hedy690

高寶書版集團
gobooks.com.tw

輕世代 FW206
惡魔調教Project01

作　　者　帝　柳
繪　　者　愁　音
編　　輯　林紓平
校　　對　謝夢慈
美術編輯　邱筱婷
排　　版　彭立瑋
企　　畫　陳煒翰

發 行 人　朱凱蕾
出　　版　英屬維京群島商高寶國際有限公司臺灣分公司
Global Group Holdings, Ltd.
地　　址　臺北市內湖區洲子街88號3樓
網　　址　www.gobooks.com.tw
電　　話　(02) 27992788
電　　郵　readers@gobooks.com.tw（讀者服務部）
pr@gobooks.com.tw（公關諮詢部）
傳　　真　出版部　(02) 27990909　行銷部 (02) 27993088
郵政劃撥　19394552
戶　　名　英屬維京群島商高寶國際有限公司臺灣分公司
發　　行　希代多媒體書版股份有限公司/Printed in Taiwan
初版日期　2016年9月

國家圖書館出版品預行編目(CIP)資料

惡魔調教Project / 帝柳著.-- 初版. -- 臺北市：
高寶國際, 2016.09-
冊；　公分. --

ISBN 978-986-361-320-6(第1冊：平裝)

857.7　　105011835

三日月書版

三日月書版

GOBOOKS & SITAK GROUP©